CHWEDLAU ... A

UR
HORWTH

AWDUR

ELIDIR
JONES

DARLUNYDD

HUW
AARON

atebol

Cyhoeddwyd gyntaf yng Nghymru yn 2019 gan Atebol, Adeiladau'r Fagwyr, Llanfihangel Genau'r Glyn, Aberystwyth, Ceredigion, SY24 5AQ

Dyluniwyd y clawr gan Huw Aaron
Dyluniwyd y llyfr gan Elgan Griffiths

Golygwyd gan Adran Olygyddol Cyngor Llyfrau Cymru

www.atebol-siop.com

ISBN 978-1-912261-75-8

Dymuna'r cyhoeddwr gydnabod cymorth ariannol Cyngor Llyfrau Cymru

I Delyth, fy arwres i. Ac i Magi'r ci

– yr Horwth go iawn.

Diolchiadau

Diolch i Delyth ac i Dad am edrych dros y testun, i bawb o Atebol am gymryd y cam mawr cyntaf i mewn i fyd newydd, ac i Huw am ddod â'r byd hwnnw'n fyw.

Bywgraffiad

Awdur a sgriptiwr o Fangor yw Elidir Jones. Cafodd ei nofel gyntaf, *Y Porthwll*, ei chyhoeddi yn 2015. Ymhlith ei waith teledu y mae *Ddoe am Ddeg*, *Arfordir Cymru*, a *Cynefin*. Ers 2004, mae'n chwarae'r gitâr fas i'r band Plant Duw, ac mae'n un o sylfaenwyr y wefan fideowyth.com. Erbyn hyn mae'n byw yng Nghaerdydd gyda'i wraig a'i gi mewn tŷ llawn llyfrau.

Tiroedd Gwyllt y De

TEYRNASOEDD BRITH

Y Goedwig Fain

Ymerodraeth yr Enfer

Y Copa Coch

Diffeithdir y Gwreiddiau

Yr Oerdir Unig

Bae Gwyllt

Penrhyn Enoc

TIROEDD Y RHEGENIAID

Gwersyll

Bryniau'r Hafn

BRYN HIR

Coed y Seirff

Porth y Seirff

Môr y Gwylwyr

FFION AC ORIG

Edrychodd Ffion i fyny. Yn dawel, yn ddideimlad, edrychodd y sgerbwd yn ôl.

Roedd o'n fwystfil o beth. Yn anferthol. Yn fwy na thyrau Adlaw. Na'r llongau crand ar y Môr Ymerodrol. Na'r Behemoth ei hun, siŵr o fod.

Cymerodd Ffion anadl ddofn cyn cerdded drwy ei geg agored a rhwng ei asennau, a'r eira'n toddi oddi arnyn nhw. Byseddodd y cleddyf pren ar ei belt. Roedd hi'n ddewr, yn bwerus, ac wedi dod yn rhy bell i droi'n ôl.

Fesul cam, dringodd i fyny'r llwybr mwdlyd oedd yn glynu'n bowld i lethrau'r mynydd. Y Copa Coch.

Yn codi'n uchel uwchben y wlad o'i gwmpas, roedd y mynydd – a'r pentre ger y copa ei hun – wedi denu anturiaethwyr i'r rhan yma o'r byd ers cyn geni Ffion. Yma roedden nhw'n dod i hel straeon, i frolio am eu hysbail a'u hanturiaethau ... a phob math o dafarnwyr a thwyllwyr yn eu dilyn. Lle roedd antur yn llechu, doedd cyfoeth byth yn bell.

Roedd Ffion wedi meddwl y byddai'r llwybr i fyny'r mynydd yn brysurach na hyn, gyda dewiniaid ffos a masnachwyr mewn rhesi ar ei hyd, yn gwerthu sachau llawn arfau a swynion di-werth.

Ond doedd neb yma.

Eisteddodd Ffion ar graig fach a llowcio ei darn olaf o fwyd. Roedd y daith wedi bod yn un hir. Hanner ffordd drwy'r darten afalau roedd hi pan welodd hi'r mwg.

Nid colofn fawr ohono, ond mwg, yn sicr. Llinyn tenau, yn nadreddu i fyny ...

... o gopa'r mynydd. O'r pentre.

Llamodd Ffion ar ei thraed, gan anghofio'n llwyr am ei tharten. Dechreuodd redeg yn wyllt i fyny'r llethr serth. Roedd hi wedi colli'i gwynt yn lân ymhell cyn cyrraedd yr adeiladau cyntaf, ond brwydrodd yn ei blaen. Wedi iddi gyrraedd y pentre, roedd ei nerth wedi mynd yn llwyr. Disgynnodd ar ei gliniau yng nghanol y pridd fflamgoch roddodd yr enw ar y mynydd.

Roedd yr adeiladau wedi'u pentyrru o fewn pant eang yn y tir, gyda dim ond craig uchaf un y Copa Coch yn codi uwch eu pennau.

Ac oll yn ddu bitsh. Roedd y tân wedi llosgi'n gymharol ddiweddar.

Roedd hi'n amlwg beth oedd rhai o'r adeiladau. Stabl.

Becws. Gweithdy saer maen. Tŵr o gerrig a phren, pob un o'r lloriau wedi'i adeiladu'n simsan ar ben y llall, ei ffenestri'n wynebu tua'r gogledd. Cartref anturiaethwyr y pentre, siŵr o fod, y rhai roddodd seiliau'r Copa Coch yn eu lle.

Doedd dim modd dweud beth oedd pwrpas rhai o'r adeiladau eraill. Roedd y tân wedi'u difa bron yn llwyr.

Cododd Ffion ar ei thraed a baglu i mewn i'r pant. Wrth weld y casgenni cwrw duon wedi'u tywallt blith draphlith o flaen yr adeilad yn y canol, roedd hi'n weddol sicr mai tafarn oedd hon. Unig dafarn y pentre, ei henw'n enwog o feysydd brwydr Parthenia i felinau Bryniau'r Gwynt.

Y Twll.

Taflodd Ffion olwg i fyny wrth fentro i mewn. Roedd yr arwydd yn dal i hongian uwchben y drws gerfydd un gadwyn denau. Dyma'r lle iawn, felly. Un o dafarnau mawr y byd yn ddim ond cragen wag.

A'r tu mewn i'r dafarn yn … rhyfeddol o gyfan.

Roedd arogl llosg yn ei llenwi, a'r waliau'n ddu. Ond doedd dim marc ar y creiriau a'r addurniadau oedd wedi'u gwasgaru o amgylch yr ystafell. Gallai Ffion weld silff haearn, a'r llyfrau clawr lledr yn gwingo arni fel petaen nhw'n gwneud eu gorau i ddianc. Gwelodd bump o fasgiau pren brawychus mewn cylch ar y wal, ac un arall ddwywaith eu maint yn y canol. Roedd yno aderyn anferth, fflamgoch yn y gornel, yn llonydd am byth mewn bloc o rew, a chant a mil o drysorau eraill, rhai wedi'u harddangos yn falch, eraill mewn tomenni di-drefn yn casglu llwch. Gwerth blynyddoedd o gyfrinachau, wedi'u hanghofio.

Yng nghefn yr ystafell safai hen ddyn main, ei drwyn mawr yn goch, a'i wallt llwyd a seimllyd yn ymestyn at waelod ei gefn. Roedd o'n tynnu llwch a lludw oddi ar y bar, fel petai heb sylwi ar Ffion yn sefyll yn y drws.

Cliriodd hithau ei gwddw. Edrychodd yr hen ddyn i fyny.

"Croeso i'r Twll," meddai. "Diod? Mae gen i gordial digon teidi o'r Ymerodraeth all siwtio rhywun o dy oed di ..."

Tynnodd ar dap y tu ôl i'r bar, a daeth ffrwd fain o lwch allan, ynghyd â sŵn crafu a gwichian o rywle ymhell o dan llawr y dafarn.

"O," meddai. "Dim ar ôl. Mae hynny'n broblem mewn lle fel hyn."

"Be ddigwyddodd?" gofynnodd Ffion.

"Tân. Roeddwn i'n meddwl bod hynny'n amlwg. Ai acen yr Undeb yw honna sy gen ti? Ti wedi teithio'n bell."

Safodd Ffion yn syfrdan. Roedd cymaint o gwestiynau ganddi, ond doedd hi ddim wedi gweld yr un enaid byw ers dyddiau. Llifodd ei hanes allan ohoni.

"O'r Harbwr Sych. Des i at Borth Lota a chael lle ar long yn hwylio ar draws y Môr Ymerodrol. Teithiais yr holl ffordd

Y Llwybr i'r Copa

yma ar fy mhen fy hun drwy'r Teyrnasoedd Brith. Gymrodd hi *wythnosau*."

"Yn chwilio am antur, mae'n siŵr gen i."

Edrychodd Ffion ar ei thraed. Chwilio am antur. Roedd y peth yn swnio braidd yn wirion bellach. Yn blentynnaidd.

"Ro'n i'n cynilo am fisoedd. Yn gwneud arian lle bynnag y medrwn i. Yn achub cathod o goed, neu'n sgubo'r dociau, neu'n cario bocsys o'r llongau at y neuadd farchnad."

"Cario bocsys? Gwaith caled i ferch mor ifanc."

"Dwi'n dair ar ddeg. Dwi ddim yn *blentyn*."

"Digon gwir," meddai'r dyn gan wenu. "Cer ymlaen."

"Yn y man, roedd gen i ddigon i brynu arf i fi fy hun."

Tynnodd Ffion y cleddyf o'i belt. Gwridodd wrth i grechwen ledu ar hyd wyneb y dyn wrth y bar.

"Dim ond pren ydi o. Ond mae'n gweithio. Gliriais i'r holl lygod mawr o selar y Farwnes Lwyd. Ges i ddau ddarn arian am wneud. Wedyn ges i swydd yn amddiffyn ei gweision hi wrth iddyn nhw gludo negeseuon o amgylch y ddinas ... ond roedd y cyfan mor *ddiflas*. Roeddwn i'n gwybod bod gwir antur yn disgwyl amdana i fan hyn, ar y Copa Coch."

Chwarddodd y dyn main.

"Mae 'na gannoedd wedi adrodd stori ddigon tebyg." Diflannodd ei wên yn syth. Aeth ei wyneb yn brudd. "Ai ti fydd yr ola, tybed?"

Pwyntiodd y dyn tuag at hysbysfwrdd ar un o waliau'r dafarn, wedi'i wneud o gannoedd o ddarnau bach o bren wedi'u rhaffu gyda'i gilydd. Roedd dwsinau o enwau wedi'u crafu i mewn iddo. "Heti", mewn ysgrifen flêr. "Hugelian Ddeuddwrn". "Bahri Yasin". "Yr Abad Pietro".

Dros yr enwau, roedd ambell bin a chyllell wedi'u plannu yn y bwrdd, a darnau papur llosg yn glynu'n styfnig iddyn nhw.

Cymerodd Ffion un o'r cyllyll a chrafu ei henw yn y bwrdd. F-F-I-O-N.

"Ffion," meddai'r dyn, yn union y tu ôl iddi. Neidiodd hithau mewn braw. Estynnodd yntau ei law. "Orig. Dyna maen nhw'n fy ngalw i. Braf cwrdd â thi."

Ysgydwodd Ffion ei law yn betrusgar. Trodd Orig tua'r bwrdd unwaith eto.

"Dyma oedd calon y lle 'ma, mewn ffordd. Unrhyw bryd roedd sôn am antur newydd yn cyrraedd y Copa Coch, roedd yr holl fanylion yn cael eu rhoi fan hyn, ti'n gweld. Ellyllon mewn hen furddun i'r gogledd ... môr-ladron yn ysbeilio arfordir yr Ymerodraeth ... brenhinoedd y Teyrnasoedd Brith wrth yddfau ei gilydd eto. Roedd anturiaethwyr y Copa Coch yn clywed am hyn i gyd. Y cynta i'r felin oedd hi wedyn. Fydden nhw'n teithio'r byd ac yn dod â'u cyfoeth newydd yn ôl yma. Y pentre'n codi o'u cwmpas."

Aeth Orig yn dawel am eiliad.

"Ond bellach ... does dim straeon yn cyrraedd y Copa. Wel ... heblaw am dy un di. Diolch am ei hadrodd hi."

Gorfododd Orig wên arall ar ei wyneb cyn mynd y tu ôl i'r bar unwaith eto. Eisteddodd Ffion o'i flaen.

"Sut digwyddodd hyn?" gofynnodd hithau.

"I wybod hynny," atebodd Orig, "mae'n rhaid i ti ddysgu sut grëwyd y lle 'ma i ddechrau."

Croesodd Ffion ei breichiau.

"Ddes i yma am antur, hen ddyn, nid i glywed stori hir."

Chwarddodd Orig.

"Beth am stori hir ... yn llawn antur?"

Pwysodd Ffion ymlaen ar y bar. Am eiliad – eiliad yn unig – ciliodd yr anturiaethwraig ifanc y tu mewn iddi, a daeth merch fach ddiniwed i'r golwg. Doedd hi ddim yn rhy hen ar gyfer straeon. Ddim cweit.

Nodiodd ei phen. Estynnodd Orig o dan y bar, a nôl tarten afalau, nid yn annhebyg i'r un adawodd Ffion ar ôl ar y mynydd. Suddodd ei dannedd i mewn iddi, heb fwy o gwestiynau.

"Fe gychwynnodd y cyfan," meddai Orig yn bwyllog, "flynyddoedd maith yn ôl. Filltiroedd maith i'r de. Mewn tre o'r enw Porth y Seirff."

Y PWLL

Wedi i rywun weld Porth y Seirff, doedden nhw ddim yn debyg o'i anghofio.

Tref o gytiau a thai a phalasau pren, wedi'u hadeiladu ar goed anferth yn codi o'r arfordir, a'u cysylltu gan bontydd simsan yn hongian uwchben y dŵr.

Dim ond mawrion y dref oedd yn byw yn y brigau uchaf, gan gynnwys yr Arch-ddug – arweinydd Porth y Seirff, yn edrych i lawr ar bawb oddi tano.

Pobl gyffredin Porth y Seirff oedd yn byw yn y brigau isaf, eu bywydau'n un lladdfa o dlodi a gwlybaniaeth, yn gwneud eu gorau i ddianc rhag y nadroedd mawr oedd yn corddi o gwmpas gwaelodion y coed.

A thua'r canol roedd y gweddill. Y rhai doedd ddim yn gyfoethog nac yn dlawd, y rhai oedd jest yn goroesi yng nghanol y gwallgofrwydd o'u cwmpas. Dyna lle ro'n i'n byw.

Ffion: Ti? Rwyt TI'N rhan o'r stori 'ma?

Orig: Ydw siŵr. Mae pawb sy'n dod i'r Copa Coch yn rhan o'i stori. Hyd yn oed ti, Ffion.

Bryd hynny, ro'n i'n rhedeg tafarn fach o'r enw'r Pwll.

Ffion: Y Pwll? A rŵan y Twll. Gwreiddiol iawn, Orig.
Orig: Diolch.

Roedd hi'n dafarn ddigon braf – mor braf ag y gallai tafarn fod ym Mhorth y Seirff. Roedd y llawr yn sych a'r gwydrau'n lân, gan amlaf, a llond llaw o selogion yn treulio eu nosweithiau yno. Roedd cegin gen i, hyd yn oed, yn gweini caws ar dost neu lysywen wedi'i ffrio, neu bastai adenydd ystlum. Unrhyw bryd, ddydd neu nos.

Dyna oedd y syniad, beth bynnag. Y gwir oedd fy mod i wedi cael trafferth dod o hyd i gogydd da. A'r un diwetha gefais i ... wel, hi oedd y gwaethaf un.

Ei henw oedd Sara. Peth bach gwyllt, pymtheg oed, gyda mop o wallt coch ar ei phen. Roedd hi wedi bod yn rhedeg o gwmpas y strydoedd a'r pontydd am flynyddoedd, heb fam na thad i'w chadw hi dan reolaeth, ac i mewn ac allan o'r ddalfa byth a beunydd. Does gen i ddim syniad pam cafodd hi swydd gen i. Tosturio drosti wnes i, fwy na thebyg. Barodd hynny ddim yn hir.

Diwrnod digon oer oedd hi, a gwynt y môr yn chwipio i mewn drwy'r ffenestri. Ychydig iawn o gwsmeriaid oedd gen i'r diwrnod hwnnw ... ond roedd un ohonyn nhw'n ddigon i 'nghadw i'n brysur. Samos oedd ei enw. Yfwr a bwytäwr mwyaf Porth y Seirff. Gwae unrhyw un oedd yn dod rhwng Samos a'i fwyd.

"Ble mae fy stêc?" bloeddiodd dros y lle. "Ble mae fy *stêc* i, Orig? Fi ddim wedi bwyta ers *awr*."

"Mae'n wir ddrwg gen i, Samos," atebais innau. "Dyma fwy o sieri am ddim. Gawn ni weld beth sy'n digwydd yn y gegin ..."

Bron cyn i mi allu gorffen y frawddeg, agorais ddrws wrth fy ymyl. Daeth ton o fwg allan. Caeais y drws ar frys, gwenu i gyfeiriad Samos, a diflannu i mewn i wallgofrwydd y gegin.

Roedd y lle'n ddu, mwg yn llenwi pob twll a chornel, a thân yn rhuo dan grochan yn y canol. O'i gwmpas roedd Sara'n dawnsio o un droed i'r llall, yn gwneud ei gorau i ddiffodd y fflamau wrth chwipio cadach gwlyb tuag ato.

Gyda bloedd, codais i'r crochan uwch fy mhen a'i daflu allan o'r ffenest. Wrth i mi droi ar fy sawdl i geryddu Sara, fe glywais i sŵn hisian a sblasian y crochan yn taro'r dŵr ymhell oddi tanon ni.

Roedd Sara allan trwy'r drws yn barod. Neidiais ar ei hôl a'i dal gerfydd ei gwar cyn iddi fedru dianc.

"Beth," bloeddiais yn ei hwyneb, "yn enw'r Cyntaf a'r

Olaf wyt ti'n feddwl ti'n ei wneud? 'Chydig o funudau eto, a fyddai'r dafarn wedi dod i lawr ar ein pennau ni! Pa mor anodd yw coginio stêc?"

"Nid stêc ro'n i'n ei wneud," meddai Sara, yn reslo o 'ngafael. "Cawl. Cawl mieri."

Trodd Samos i syllu ati.

"Do'n i ddim wedi *gofyn* am gawl mieri. Ro'n i wedi *gofyn* am stêc."

"Ti moyn stêc?" poerodd Sara, yn brasgamu i fyny at Samos wrth y bar. "Cer i ddal y fuwch a'i lladd dy hun. Fi ddim eisie unrhyw ran o'r peth."

"Och," meddwn i. "Hyn eto."

Doedd Sara ddim yn bwyta cig na wyau nac yn yfed llefrith, nac yn fodlon dod yn agos at unrhyw beth â chysylltiad ag anifail – dipyn o anfantais i unrhyw gogydd.

"Aros funud," meddai Samos. "Sut yn y byd rwyt ti'n rhoi *cawl* ar *dân*?"

Oedodd Sara am eiliad, ei bys ar ei gwefus.

"Ie ..." meddai'n dawel. "Alla i ddim esbonio hynny chwaith."

"Sara o'r Coed," meddwn innau, yn defnyddio'r peth agosaf at enw llawn oedd ganddi. "Ti, heb os nac oni bai, yw'r cogydd gwaetha dwi erioed wedi'i weld. A dwi wedi gweld *sawl* un. Rhedeg tafarn ydi 'musnes i, nid rhoi cartre i bob plentyn amddifad sy'n taro heibio. Mae'n ddrwg 'da fi, Sara,

Wynebau Cyfarwydd
Tafarn y Pwll

Abramo
Masnachwr o'r
Teyrnasoedd Brith.

Samos
Bwytäwr Gorau'r
Dafarn

Naira
Blingwr
Seirff

Sara
"Cogyddes"

Pip
Capten tîm
taflu'r Sinach

Orig
Tafarnwr

Abei
Torrwr Coed

Toto
Saer Maen
(Di-waith)

Cantwta
Sgrechiwr y
Gwreiddiau

ond mae'n rhaid i ti fynd."

Chwythodd Sara ei brest allan yn falch. Nid dyma'r tro cynta iddi glywed geiriau o'r fath.

"Iawn," meddai hi'n biwis. "Yn ôl i'r coed, felly."

Cyn iddi gyrraedd y drws, daeth llais isel ond awdurdodol o'r tywyllwch yng nghornel y dafarn.

"Ro *i* swydd i ti."

Trodd pawb i wynebu'r gornel. Roedd gwestai arall yn nhafarn y Pwll y noson honno. Un oedd yn ddigon hapus i yfed yn dawel ar ei ben ei hun, heb dorri gair â neb. Ond roedd pawb yn gwybod ei enw.

Pawb ond Sara.

"Pwy wyt ti?" gofynnodd hi'n ddiniwed. Bu bron i Samos boeri ei sieri allan.

Gwenodd y dyn. Safodd ar ei draed a chamu ymlaen. Roedd ei wallt yn ddu, wedi'i glymu mewn cynffon y tu ôl i'w ben, ei ddillad yn grand, wedi'u haddurno'n gywrain, yn gyfuniad o ledr, brethyn a haearn. Rhedodd ei law drwy ei farf drwsiadus a chymryd dracht o fflasg wrth ei felt.

"D-dyma Casus," meddai Samos. "Concwerwr y Ddraig Amhosib. Meistr ar Fwystfil y Gwacter. Y dyn a roddodd ddiwedd ar deyrnasiad y Sarff Waed-ddu."

"Mae'n un o anturiaethwyr mwya'r byd," sibrydais i.

"Wneith Casus y tro," meddai'r anturiaethwr, yn estyn ei

law er mwyn i Sara ei hysgwyd. "Does dim rhaid i ti drafferthu efo gweddill yr enwau. A digwydd bod, rydw i'n chwilio am gogydd."

"Ond Casus," meddwn innau, "ym ... syr, mae hi'n un ofnadwy. Dwi ddim yn cofio'r tro diwetha iddi *beidio* rhoi'r gegin ar dân."

"Roedden ni i gyd yn ifanc unwaith," mwmiodd yr anturiaethwr yn garedig, cyn yfed o'i fflasg unwaith eto. "Fe ddysgith hi."

Daeth mwy o fwg i mewn o'r gegin, gan gyrlio o amgylch traed pawb a chodi tua'r to.

"Tân arall ...?" meddwn innau, cyn gweld bod y mwg hefyd yn llifo i mewn o dan y drws ffrynt.

"Bosib," atebodd Casus. "Ond nid fan hyn ..."

Daeth sŵn rhuo byddarol â'r sgwrs i ben. Roeddwn i'n medru ei deimlo'n teithio i lawr fy asgwrn cefn, yn ysgwyd seiliau'r dafarn ei hun.

"Allan," meddai Casus rhwng ei ddannedd. "Ar frys."

Wrth i floedd frawychus arall ffrwydro drwy'r dref, baglodd pawb drwy'r drws. Fi oedd yr olaf, yn gwthio Samos o 'mlaen, y jwg o sieri'n dal yn ei law.

Welwn i byth mo dafarn y Pwll eto.

22

HUNLLEF UWCHBEN Y COED

Roedd hi fel nos ym Mhorth y Seirff, a'r awyr yn llawn mwg du, du, yn llenwi'r coed, yn nofio ar draws wyneb y dŵr oddi tanon ni, ac yn tagu'r dinasyddion oedd yn rhedeg yn ôl ac ymlaen fel ieir gwyllt.

Disgynnodd pawb ar eu gliniau a rhoi eu dwylo dros eu cegau er mwyn rhwystro'r mwg rhag llenwi eu hysgyfaint. Pawb ond Casus. Tynnodd fwa croes oddi ar ei gefn ac edrych yn benderfynol tuag at frigau uchaf y coed.

"Mae 'na rywbeth o'i le yma," meddai. "Rhywbeth *mawr*."

"Gwrandewch ar yr arbenigwr," atebodd Sara, yn gwneud ei gorau i beidio pesychu.

Rhedodd dynes fain, benfelen tuag aton ni a bwyell garreg yn ei llaw. Abei, y torrwr coed.

"Rhedwch!" gwaeddodd hithau, yn stopio'n ddigon hir i boeri'r geiriau allan. "Mae'n dod! Mae'n dod!"

"*Beth* sy'n dod?" gofynnodd Samos, ei ddannedd yn clecian mewn braw.

Ac wedyn fe welodd pawb y bwystfil am y tro cyntaf.

Hedfanodd drwy'r coed fel morfil mawr du. Roedd ei freichiau bach yn gwthio o'i frest, a thair o grafangau miniog ar flaen bob un. Ond roedd ei gorff yn wirioneddol aruthrol, wedi'i gynnal gan ddwy goes fel boncyffion.

Ei wyneb oedd fwyaf brawychus, fel rhywbeth o hunllef. Ei lygaid bach wedi suddo'n ddwfn i'w benglog, ei wefus isaf yn ymestyn ymhell dros ei ên, a rhes o ddannedd arswydus yn gwthio allan ohoni. Ac o dan hynny, gwddw oedd yn chwyddo'n belen fawr gron wrth i'r bwystfil gymryd anadl.

Hedfanodd y creadur uwch ein pennau, ei lygaid yn culhau ymhellach fyth, bron fel petai'n ein hadnabod.

"Mae'n un o Blant Uran," meddwn innau rhwng fy nannedd. "Y bwystfilod gafodd eu rhyddhau i'r byd fil a hanner o flynyddoedd yn ôl. Ble mae hwn wedi bod yn cuddio, sgwn i?"

· "Diolch am y wers hanes," meddai Sara, "ond dwyt ti ddim yn meddwl dylien ni redeg?"

Ffion: Dwi'n cytuno efo Sara. Doeddet ti ddim ei ofn o?
Orig: Wrth gwrs. Ond dwi'n ffeindio'r pethau 'ma'n ... ddiddorol.
Ffion: Ti'n hen ddyn od.

Cyn i unrhyw un fedru dianc, saethodd y bwystfil drwy adeilad uwch ein pennau. Cartref Teneca'r wrach oedd o, un o'r adeiladau hynaf ar y lefel yna o'r dref. Ffrwydrodd yn gannoedd o ddarnau bach, yn chwyrlïo drwy'r mwg fel raseli. Ges i fy nhorri ar fy wyneb mewn ambell fan. Dwi'n siŵr bod yr un peth wedi digwydd i Casus. Welais i e'n baglu'n ôl a rhoi llaw yn erbyn ei wyneb wrth iddo regi o dan ei wynt.

Chwalodd y creadur ambell adeilad arall, gan droi'r awyr uwchben y dref yn un gybolfa o fwg a darnau pren a dodrefn a gwydr a chreigiau a phobl, yn chwyrlïo'n wyllt drwy'r awyr cyn bownsio oddi ar y pontydd a disgyn i mewn i'r dŵr.

Rhoddodd y creadur sgrech hir. Roedd e'n mwynhau ei hun. Plymiodd i mewn i'r dŵr ar ôl ambell un o'r dinasyddion cyn saethu allan eto, yn poeri dŵr corslyd o'i geg fel ffynnon.

Chwalodd y pontydd o'n cwmpas yn deilchion. Doedd nunlle i ddianc.

Trodd y creadur yn ei unfan yn yr awyr a hoelio ei olygon arnon ni.

"Fi'n credu ei fod e'n dod ffordd hyn," meddai Abei.

"Falch o glywed," atebodd Casus, a chodi ei fwa. Cymerodd follt o becyn o amgylch ei ganol, ac anelu'n syth at y bwystfil. "Dydi fy mollt i byth yn methu ei tharged."

Cyn i Casus fedru saethu, plymiodd y bwystfil ymlaen unwaith eto. Llamodd pawb o'r neilltu gan lwyddo – rywsut

– i osgoi ei ffurf anferth yn gwibio heibio.

Ond doedd fy nhafarn i ddim mor lwcus. Aeth adain ac ysgwydd y creadur yn syth drwy'r Pwll, gan chwalu hanner yr adeilad yn racs. Safodd yr hanner arall am rai eiliadau, cyn syrthio'n ara deg a disgyn yn ddarnau i mewn i'r môr. Dwi'n cofio sefyll yn gegrwth wrth i ddeng mlynedd o 'mywyd ddiflannu o flaen fy llygaid.

Roedd pawb arall yn poeni mwy am y bwystfil yn hedfan uwch ein pennau ni.

"Saetha!" gwaeddodd Sara, yn gwthio Casus tuag at yr anghenfil. Cododd yntau ei fwa am yr ail dro a chulhau ei lygaid.

Agorodd y bwystfil ei geg fawr led y pen, a daeth ton arall o fwg allan, yn ein dallu i gyd. Wrth i mi ddyblu drosodd yn pesychu'n wyllt, ro'n i'n siŵr fy mod i wedi clywed bollt Casus yn saethu, a'r bwystfil yn gwichian mewn poen ... ond doedd dim niwed mawr wedi'i wneud. Roeddwn i'n medru synhwyro'r creadur uwch fy mhen, yn medru teimlo gwres ei anadl.

Roedd popeth yn ddu, y mwg yn llenwi fy nhrwyn, fy ngheg, fy nghlustiau ... yr oll fedrwn i glywed oedd cawl o sgrechian a phesychu ym mhobman o'm hamgylch.

Roeddwn i'n wan. Yn benysgafn. Suddais i'r llawr. Dwi'n cofio meddwl bod cwsg yn syniad da, cyn i rywbeth meddal lapio'i hun o'm hamgylch i. Roedd e'n deimlad braf ... cyn i mi sylweddoli fy mod i'n cael fy nghodi ymhell uwchben Porth y Seirff.

Wedi i'r mwg glirio, edrychais o 'nghwmpas mewn penbleth.

Roeddwn i yng nghrafangau'r bwystfil, ei ffurf anferth yn hedfan uwch fy mhen. Gyda mi roedd Abei y torrwr coed, a Samos yn nadu'n isel wrth ei hymyl. A gallwn i weld mwy yn y grafanc arall, wedi cael eu cipio o'r ddaear – Shadrac, un o offeiriad y Deml Wlyb; a'r saer maen Toto a'i wraig Meli, oedd yn rhuthro byth a beunydd o amgylch y dref yn hel clecs am bawb a phopeth ... ac yn gwneud gwaith ei gŵr drosto, os oedd y straeon yn wir. Am unwaith, roedd Meli'n dawel, ei gwefusau a'i llygaid wedi cau'n dynn, dynn.

Rhuodd y bwystfil. Cododd sgrech ymysg ei garcharorion, gyda phawb yn bloeddio ar unwaith.

Pawb ond fi.

"Wel," meddwn i. "Dyma diddorol."

O BORTH Y SEIRFF I'R COPA COCH

Roedd y wlad yn ymestyn oddi tanon ni.

I'r gogledd-orllewin roedd y Bae Gwyllt, ac ambell long yn hwylio ar ei hyd rhwng yr Ymerodraeth a Phorth y Seirff. O'r uchder yma, roedden nhw'n edrych fel teganau.

Er ei bod hi'n oer, ac ofn yn gwneud ei orau i afael yn fy nghalon, roedd yr olygfa'n curo pob dim. Mor brydferth, a hithau wedi bod mor hir ers i mi weld y byd fel hyn ...

Ffion: Be? Pryd gwelaist ti'r byd o'r ffasiwn uchder o'r blaen?
Orig: Fyddet ti'n synnu at y pethau dwi wedi'u gweld, Ffion.

Yn union oddi tanon ni roedd Bryniau'r Hafn yn ymestyn tua'r gogledd. I'r de-ddwyrain, teyrnas heddychlon Bryn Hir, ei phentrefi bach yn glynu i'r llethrau. Ac uwchben honno, Tiroedd y Rhegeniaid, eu cestyll o haearn a cherrig wedi'u cuddio ymysg mynyddoedd moel a serth.

Edrychodd Abei tuag ata i wrth i ni wibio ymhell dros y bryniau.

"Paid â phoeni," dywedais, fy nannedd yn clecian yn yr oerfel. "Fydd popeth yn iawn."

Dydw i ddim yn meddwl ei bod hi wedi 'nghlywed i.

Cyn bo hir, roedden ni wedi gadael y bryniau ar ein holau, ac yn plymio i lawr dros y clytwaith o anialwch, coedwigoedd a thwndra o amgylch y Copa Coch.

Roeddwn i'n medru teimlo'r hud a lledrith yn craclo yn yr awyr o'n cwmpas wrth i ni agosáu at y mynydd. Roedd e'n lle o bŵer mawr. Gwyddai pawb hynny, hyd yn oed y bwystfil, siŵr o fod.

Hedfanodd hwnnw i mewn drwy agoriad enfawr ger y copa. Ei ogof. Roedd arogl chwerw yn llenwi'r lle, a mynyddoedd o'i faw wedi pentyrru yn erbyn y waliau.

Agorodd ei grafangau, a disgynnodd y chwech ohonom yr ychydig droedfeddi oedd ar ôl. Glaniodd Toto'n galed a rowlio'n boenus i bydew ym mhen pella'r ogof. Gyda sgrech orffwyll, plymiodd Meli ei wraig ar ei ôl. Cododd Shadrac ar ei draed ac edrych i fyny i fyw llygaid y bwystfil. Gyda lwmp yn ei wddw, gwnaeth arwydd un o'r duwiau gwlyb o'i flaen cyn troi ar ei sawdl a dilyn y ddau arall i mewn i'r pydew. Rydw i'n cofio clywed ei gorff yn taro'r gwaelod, a gwaedd fach o boen yn dianc o'i wefusau.

Roedd y pydew'n ddwfn, felly. Ond nid yn *rhy* ddwfn.

Edrychodd Abei tuag ata i eto.

"Dere 'mlaen," meddwn i. "Dyna'r unig ffordd i ddianc."

"Ry'ch chi'n *wallgo*," meddai Samos, a phwyntio tuag agoriad yr ogof. "Dyma'r ffordd mae'n rhaid mynd! Chi ddim yn meddwl mynd yn *ddyfnach* i'r mynydd 'ma?"

Gafaelodd Abei yn fy llaw.

"Mae'r peth 'na'n rhy gyflym," meddai hithau. Aeth y ddau ohonom am yn ôl. Roedden ni'n edrych i lygaid y bwystfil, a'r bwystfil yn edrych arnom ni. Ysgydwodd Samos ei ben yn wyllt.

"Na," meddai. "Na! Dydw i ddim am farw mewn lle melltigedig fel hwn, yn awchu am fwyd ..."

Trodd ar ei sawdl a baglu tua phen arall yr ogof. Roedd y bwystfil ar ei ben yn syth. Yn union cyn i Abei a minnau ddiflannu i mewn i'r pydew, gwelais gorff mawr Samos yn diflannu i geg lawer, llawer mwy.

Glaniodd y ddau ohonom yn bentwr ar lawr. Aeth saeth o boen drwy fy ysgwydd. Roedd y tri arall yn dal i riddfan wrth ein hymyl.

Roedd ochrau'r pydew yn rhy serth i'w ddringo. Yn y gwaelod roedd un agoriad bach oedd yn ymestyn i lawr i mewn i'r mynydd, bron yn rhy gul i unrhyw un allu gwasgu drwyddo. Ond dyna'n union be fyddai'n rhaid i ni ei wneud os am osgoi mynd yn fwyd i'r bwystfil.

"Diddorol *iawn*," meddwn i.

Llithrodd y creadur ei gorff uwch ein pennau. Llyfodd weddillion Samos oddi ar ei wefusau, cyn eistedd i lawr yn fodlon dros y pydew, a syrthio i gysgu. Aeth y byd yn gwbl ddu.

YR ARCH-DDUG

Aeth noson a diwrnod heibio.

Safai Casus a Sara yn llys yr Arch-ddug. Roedd holl bwysigion lefel uchaf y dref yno'r noson honno, a phawb yn edrych at eu harweinydd am atebion.

Ffion: Aros funud. Sut wyt ti'n gwybod am hyn? Roeddet ti yn ogof y bwystfil ar y pryd!

Orig: Roedd pawb o'r Copa Coch yn gwybod y stori yma, siŵr. Ychydig iawn am y lle 'ma dydw i ddim yn ei wybod erbyn hyn.

Doedd yr un Arch-ddug yn para'n hir, a'r rhan fwyaf yn dod i ddiwedd gwaedlyd ... neu'n suddo i waelodion y môr ganol nos. Er hynny, unwaith i un newydd gael ei goroni, roedd pawb yn tueddu i anghofio ei enw. Dim ond 'Yr Archddug' oedden nhw i gyd byth wedi hynny.

Hen gapten llong oedd yr un yma, yn eistedd ar orsedd o bren tamp a phydredig, wedi'i godi o'r môr flynyddoedd maith yn ôl. Gwisgai wisg felfed glas tywyll o'i esgidiau uchel i'w gap fflat, a phatshys o goch yn dal i fritho ei farf wen, hir.

"Mae bwystfil wedi gwneud ei gartref ar y Copa Coch," meddai'n hunanbwysig, ei lais croch yn codi uwchben murmur y llys. "Mae'n seryddwyr ni – o dyrau uchaf y dref, drwy eu sbienddrychau mawr – wedi gweld cwmwl du yn amgylchynu'r mynydd, arwydd clir mai yno mae'r anghenfil yn byw."

O flaen yr Arch-ddug camodd bachgen yn ei arddegau hwyr, wedi'i wisgo mewn dillad cotwm lliwgar oedd yn llawer rhy fawr i'w gorff main.

"Rŵan maen nhw'n deuthan ni," meddai'r bachgen gyda gwên. Chwarddodd neb ar ei jôc. Camodd yn ôl eto, ei wên wedi suro, yn mwmian o dan ei anadl. "Dwi'm yn gwbod pam dwi'n trafferthu, wir."

Aeth yr Arch-ddug ymlaen, ar ôl saethu golwg o ddirmyg pur tuag at y bachgen main.

"Wyddon ni ddim beth yn union yw'r peth 'ma, ond mae'r bobl gyffredin wedi rhoi cynnig arni. Yr 'Horwth' maen nhw'n ei alw. Ma fe i'w weld yn enw cystal ag unrhyw un arall."

Crychodd Casus ei drwyn a sibrwd yng nghlust Sara.

"Dwi wedi clywed enwau gwell," meddai. Gwenodd y ferch bengoch.

"Rydym ni oll," aeth yr Arch-ddug ymlaen, "wedi colli

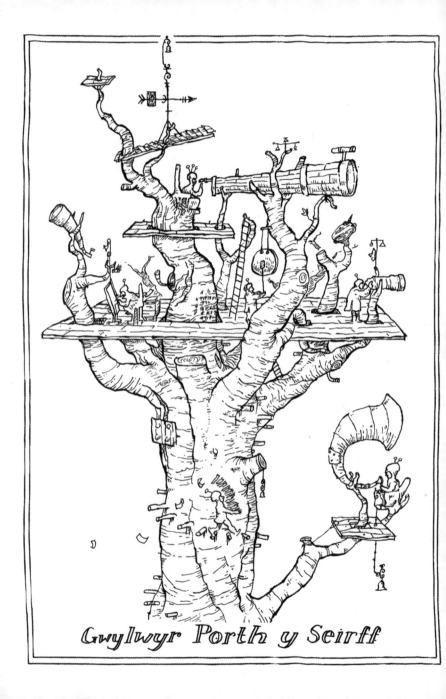

Gwylwyr Porth y Seirff

ffrindiau a theulu yn ymosodiad yr Horwth 'ma. Eraill wedi colli eu cartrefi. Am ryw reswm, ma fe wedi'n dewis ni yn elynion. Ond yn ddigon ffodus, mae rhywun yn ein mysg all ein hachub."

Wrth ymyl yr Arch-ddug safai dynes fach lwydaidd. Darllenodd hithau o sgrôl o'i blaen, oedd bron yn fwy na hi ei hun.

"Casus. Concwerwr y Ddraig Amhosib. Meistr ar Fwystfil y Gwacter. Camwch ymlaen."

Ufuddhaodd Casus, a Sara wrth ei ymyl.

"A'r Sarff Waed-ddu," meddai hithau'n bowld, gan wthio ei brest allan. "Peidiwch ag anghofio honno."

Syllodd y ddynes lwydaidd at Sara uwchben ei sgrôl, fel athrawes ar fin ceryddu disgybl. Chwarddodd Casus wrtho'i hun.

"A wnewch chi, Casus," gofynnodd yr Arch-ddug, "ddod i'r adwy?"

"O fewn yr wythnos," meddai Casus, "fydd y cwmwl 'na o amgylch y mynydd wedi mynd, a'r bwystfil ... yr *Horwth* ... yn farw. Ac oll am bris hael. Pum cant o Seirff Aur."

Cododd bloedd o brotest drwy'r llys.

Ffion: *Ydi hynny'n lot o bres?*
Orig: *Mwy nag ydw i'n ennill mewn deng mlynedd.*

Ffion: *Ia, ond ... ydi o? 'Ta wyt ti jest yn dlawd?*
Orig: *Ddylwn i fod wedi gweld honna'n dod ...*

Cododd yr Arch-ddug ei law, a distawodd y dorf. Pwysodd ymlaen ar ei orsedd. Oedodd am ennyd, yn pwyso a mesur cynnig yr anturiaethwr o'i flaen.

"Cytunaf yn llon," meddai o'r diwedd. Aeth murmur arall o anniddigrwydd drwy'r llys.

"Mae'n iawn," meddai'r bachgen yn y dillad lliwgar, yn camu yn ei flaen eto. "Allwn ni i gyd fyw'n ddigon cyfforddus ar fara a dŵr."

Chwarddodd neb. Camodd y bachgen yn ôl, yn diawlio ei hun yn dawel.

"Ar un amod," meddai'r Arch-ddug. "Bod rhai o Borth y Seirff yn mynd 'da ti. Ni ddim yn ymerodraeth fawr nac yn deyrnas gyfoethog, ond mae 'da ni falchder, Casus. Ni ddim eisiau dibynnu ar dramorwr i'n hachub ni."

Y tro yma, roedd y llys i'w weld yn cytuno. Petrusodd Casus am eiliad cyn ateb, gan droi at Sara wrth siarad.

"Mae un ohonoch chi *yn* dod efo fi. Sara o'r Coed, fydd efo fi bob cam o'r ffordd."

"*Hi*?" meddai'r Arch-ddug. "Gei di ei chadw hi â chroeso. Wrthododd hi'n glir â gwneud brechdan gwningen i fi fis diwetha. Roedd rhaid i fi fwyta powlen o bethau *gwyrdd* yn ei lle. Pach! Na, na. Mae 'da ni rai llawer gwell i'w cynnig na Sara o'r Coed."

Nodiodd yr Arch-ddug tuag at y ddynes fach lwydaidd. Brysiodd hithau allan o'r llys, y sgrôl yn fflapian o dan ei chesail.

Yfodd Casus yn hir o'i fflasg, ac edrych i fyny tuag at yr Arch-ddug.

"Pwy?" gofynnodd.

Y MYNACH
A'I BRENTIS

Ger cyrion Porth y Seirff roedd mynachdy yn llechu ym mrigau uchaf y coed. Fel arfer, dim ond un mynach oedd yn byw yno, yn addoli hen, hen dduwies. Dohi oedd ei henw. Duwies iachau ac aileni. Roedd pawb bron wedi anghofio amdani – pawb ond y mynach, oedd wedi cadw ei chof yn fyw am saith deg mlynedd bellach.

Eisteddai'r mynach ar lawr ei stydi, ei goesau wedi croesi. Roedd llyfrau'n llenwi silffoedd diddiwedd ar hyd y waliau, a mwy fyth wedi'u gwasgaru blith draphlith ar y llawr a'r byrddau isel, gydag ambell gannwyll yn llosgi yn eu mysg.

O gwmpas y mynach roedd bachgen pymtheg oed yn brasgamu, yn tynnu llyfrau oddi ar silffoedd, yn darllen ambell frawddeg, a'u taflu i'r llawr.

"Pietro," meddai'r hen fynach yn gadarn ond nid yn angharedig. "Eistedda."

"Ond dydych chi ddim yn *dallt*," atebodd y bachgen,

yn fflicio drwy dudalennau Llyfr Du'r Uchelgaer, a'i daflu dros ei ysgwydd. "Ella bod 'na rywbeth yn y llyfrau 'ma sy'n esbonio sut i ladd y ... y *peth* 'na. Welsoch chi ei *faint* o?"

"Dydyn ni ddim yn y busnes o ladd, Pietro. *Eistedda.*"

Y tro yma, ufuddhaodd Pietro i'w feistr. Yn y tri mis roedd o wedi bod ym Mhorth y Seirff, roedd yr hen ddyn wedi gorfod defnyddio'r gansen ambell waith. Roedd terfyn ar ei amynedd.

"Y gannwyll," meddai.

Aeth ias i lawr asgwrn cefn Pietro.

"Eto?" gofynnodd yn bruddglwyfus, a dal ei ddwylo i fyny. Roedd un yn fach ac yn ddi-siâp. "Un llaw dda sydd gen i, cofiwch."

Gwthiodd y mynach un o'r canhwyllau yn agosach at Pietro.

"Paid â phoeni am yr anghenfil nac am unrhyw beth arall. Drycha ar y fflam. Dim byd ond y fflam. Gad i Dohi sanctaidd lenwi dy feddwl, a gall ddim byd dy frifo."

Syllodd Pietro ar y gannwyll. Aeth ei wyneb yn welw. Heb roi cyfle i fwy o amheuon dorri ar ei draws, gwthiodd ei law dda i ganol y fflam.

Am rai eiliadau, roedd golau llachar fel petai'n llenwi ei feddwl. Bron nad oedd e'n medru clywed llais yn ei glust, yn sibrwd cefnogaeth a bendithion. Dechreuodd olau ddisgleirio

o amgylch ei stwmp o law, gan belydru'n araf o'i gwmpas. Fflachiodd yr un golau o farc ar ochr ei ben. Tatŵ. Symbol ei feistres, y dduwies Dohi.

Ond yna diflannodd y llais, a daeth poen i gymryd ei le. Dychmygodd fflamau'n teithio i fyny ei freichiau, ac yn llyncu ei gorff. Gwelodd ei hun yn llosgi'n ulw.

Gyda gwich, tynnodd ei law o'r fflam. Bu bron i'r gannwyll syrthio a rhoi'r pentwr o lyfrau ar dân, ond roedd yr hen fynach yn gyflymach na'r disgwyl. Daliodd y gannwyll a'i chodi eto yn bwyllog ac ara deg. Chwibanodd yn hir rhwng ei ddannedd. Estynnodd ei ddwylo yntau tuag at law losg Pietro, a golau hudolus ei dduwies yn llifo ohonyn nhw. Diflannodd y boen yn syth.

"Fe lwyddi di," meddai'r hen fynach. "Ryw ddydd. Fyddai Dohi ddim wedi dy ddewis di fel arall."

Daeth cnoc ar y drws. Llamodd Pietro ar ei draed a'i ateb, heb feddwl trafod y peth gyda'i feistr.

Dynes fach lwydaidd oedd yno, wedi colli ei gwynt yn llwyr, â sgrôl hir yn ei dwylo.

"Rwy'n edrych am ..."

"Na," meddai'r hen fynach. "Na, na, na. Dim mwy o negeseuon. Dim mwy o *anturiaethau.* Rwy'n hen ddyn, os nad oedd hynny'n amlwg. Ac yn haeddu gorffwys."

"O-ond," meddai'r ddynes, "rydw i wedi fy ngyrru gan yr

Arch-ddug ei hun. Mae o eich *angen* chi. Beth ydw i fod i —"

"Gyrrwch y bachgen," meddai'r mynach. Doedd dim ffordd o ddweud pwy oedd mwyaf syn – Pietro, neu'r ddynes fach. "Codwch eich gên o'r llawr. Wnaiff e well joban na fi. Fyddai'r oerfel wedi fy lladd o fewn dyddiau. Dyw Dohi ddim yn medru fy achub rhag popeth."

Lledodd gwên ar draws wyneb Pietro.

"Antur? Antur *go iawn*?"

"Casgla dy bethe," meddai'r mynach. O fewn dim, roedd bag llawer rhy fawr wedi'i lenwi â llyfrau – *unrhyw* lyfr – a'i strapio ar gefn y prentis ifanc. Safodd yn y drws o flaen y ddynes lwyd. Cododd hithau ei haeliau, a chrafu marc ar y sgrôl.

"Mae hyn yn wirion bost," meddai. "Dilynwch fi."

Gyda bloedd o lawenydd, a ffarwél bach sydyn i'w hen feistr, rhedodd Pietro ar ôl y ddynes i lawr pontydd ac ysgolion pren Porth y Seirff, tua'r lefel isaf. Caeodd y drws yn glep ar ei ôl, gan adael y mynach ar ei ben ei hun. Mewn tawelwch.

Clywodd lais rhywun yn sibrwd yn ei glust. Edrychodd tua'r nenfwd.

"Rwy'n gobeithio eich bod chi'n iawn am hyn," meddai'n isel, "feistres Dohi. Ro'n i'n hoff iawn o'r bachgen 'na."

Chwythodd gwynt o nunlle drwy'r ystafell. Diffoddwyd y canhwyllau.

Ffion: *Aros funud. Roedd y drws 'di cau! Sut wyt ti'n gwybod be ddywedodd y mynach?*

Orig: *Fyddi di'n synnu pa bethau fi'n gwybod, Ffion o'r Harbwr Sych ...*

HETI

Ar fan isaf Porth y Seirff, yn pwyso dros y dŵr, roedd y Caban Sianti. Hwn oedd clwb nos mwyaf drwgenwog y dref. *Unig* glwb y dref, yn denu beirdd a chonsurwyr a cherddorion o'r Teyrnasoedd Brith, yr Ymerodraeth, yr Undeb, a thu hwnt.

Serch hynny, ychydig iawn o fawrion Porth y Seirff oedd yn mentro yno. Roedd y lle'n damp ac yn oer, y bwyd yn llwydni i gyd, y ddiod fel dŵr cors, a pheryg yn llechu ym mhobman.

> ***Orig:*** *Roeddwn i wrth fy modd â'r lle.*
> ***Ffion:*** *Wrth gwrs dy fod ti.*

Yr Horwth oedd yr unig bwnc trafod ymysg y bobl a safai mewn rhes y tu allan i'r clwb y noson honno.

"Welais i e," meddai Jac Pont y Gof. Un o selogion y Caban Sianti oedd o, ei fol fel casgen gwrw, ei ddyrnau mor fawr â'i ben. "Peth mawr du yn ymddangos o 'mlaen i mas o'r mwg. Roedd Tarlo, mab y cigydd, yn sefyll wrth fy ymyl i. Daeth troed y bwystfil ..."

"Yr *Horwth*," meddai rhywun y tu ôl iddo.

"Yr Horwth. Daeth ei droed ei lawr, a gwasgu'r bachgen druan yn slwj! Tasen i heb ei weld e a'm llygaid fy hun, fyddwn i ddim wedi credu'r peth."

"Ti'n siarad nonsens, Jac," atebodd Lilu'r Lôn Wlyb wrth ei ymyl. "Welais i fab y cigydd bore 'ma. Roedd e'n blingo pysgodyn plu ger y dociau."

Baglodd Jac am yn ôl yn feddw, a Lilu yn defnyddio'i holl nerth i'w ddal rhag syrthio i'r llawr.

Ym mlaen y rhes safai dynes ganol oed, hyd yn oed yn fwy o faint na Jac. Roedd ei gwallt brith mewn plethi, a'i ffurf anferth wedi'i gorchuddio gan ffwr trwchus. Edrychai fel ei bod hi wedi camu'n syth o dwndra'r dwyrain ... ond ym Mhorth y Seirff yr oedd hi wedi bod ar hyd ei hoes. Yno yr oedd hi, y tu allan i'r Caban Sianti, noson ar ôl noson, a'i henw oedd Heti.

Croesodd ei breichiau a chulhau ei llygaid. Roedd Jac wedi cael gormod i'w yfed. Eto.

"Fe oedd e," meddai Jac, ei lais yn codi. "Tarlo, mab y cigydd, ar fy marw!"

"Ond ..." cychwynnodd Lilu, "on'd Tarlo yw hwnnw'n

Rhai o Selogion y Caban Sianti

Tarlo
mab y Cigydd

Hywi Dwp
is-feistr y
stordai isaf

Iara o'r Mwd
Cadwres yr ieir

Jac, Pont y Gof
meddwyn.

Ailen
Piclwr Dail.

Heti
Diogelwch

Lilo'r Lôn Wlyb
Pysgotwraig y Corsydd

Shadrac
Offeiriad
y Deml Wlyb

Malic Derderian
Ysbïwr o'r Ymerodraeth

sefyll yng nghefn y rhes?"

Trodd Jac ei ben. Yno roedd bachgen pengoch, a ffedog waedlyd wedi'i thaflu dros ei ysgwydd, yn codi ei law yn llon.

"Go drap," meddai Jac, a syrthio i ganol pentwr o gasgenni. Teimlodd rywun yn ei godi ar ei draed. Edrychodd i fyny i weld Heti'n syllu i lawr.

"Gartre, Jac," meddai. "Gormod i yfed. Cer nawr."

Aeth wyneb Jac yn goch.

"Heti, ers faint ni wedi nabod ein gilydd? Yr oll gefais i oedd gwydryn bach o slifofits. Dau, falle. Hanner potel o win. *Tri chwarter* potel ar y mwya. Ambell fwg o gwrw rhwng popeth, wrth gwrs. A ..."

"Gormod," mynnodd Heti eto. "Cer nawr."

"Fi erioed wedi cael cic mas o fan hyn," meddai Jac. "*Erioed.*"

Celwydd llwyr, wrth gwrs. Ond doedd gan Heti ddim amynedd i ddadlau. Cododd ei hysgwyddau, a throi at y cwsmer nesaf.

Anelodd Jac ergyd nerthol tuag ati fyddai wedi llorio tarw. Ond roedd Heti'n rhy gyflym. Gafaelodd ynddo gerfydd ei ysgwydd a'i fartshio'n bwyllog tua chefn y rhes, y dyn boliog yn strancio fel plentyn. Llaciodd Heti ei gafael ger y dŵr, a chychwynnodd yn ôl tua'r drws.

Ond doedd Jac ddim wedi gorffen. Rhuthrodd ati, ei ddyrnau'n troelli fel melinau gwynt. Yn dawel ac yn osgeiddig, anelodd Heti ddwrn at ei ên. Rowliodd llygaid Jac i gefn ei ben a disgynnodd ar ei hyd i mewn i'r môr.

"Aw," meddai Heti, gan ysgwyd ei dwrn.

Trodd i weld dau ffigwr yn edrych i fyny ati. Un yn fachgen ifanc mewn dillad llac a sach anferth ar ei gefn, a'r llall yn ddynes welw, yn gafael mewn sgrôl ac yn brwydro i gael ei hanadl.

"Cefn y rhes," meddai Heti.

"Na," meddai'r ddynes welw rhwng ei hanadl. "Yr Arch-ddug sydd wedi'n gyrru ni. Mae o eich angen chi ar unwaith."

Estynnodd y bachgen ei law.

"Pietro," meddai. "Braf cwrdd â chi. 'Dan ni'n mynd ar *antur.*"

"O, na," atebodd Heti. "Mae gen i wydraid o de morfa a gwely clyd yn disgwyl amdana i gartre. Dim anturiaethau."

Aeth y ddynes fach yn llonydd, a'i hwyneb yn galed.

"Ydych chi'n gwrthod gorchymyn yr Arch-ddug?" gofynnodd.

Ochneidiodd Heti yn hir ac yn dawel.

"Deng munud," meddai. "Dyna'r oll."

Cychwynnodd y tri i fyny tua'r lefel uchaf unwaith eto,

gan adael y rhes o bobl y tu allan i'r Caban Sianti. Edrychodd pawb tuag at ei gilydd mewn penbleth ... yna at y drws agored, a neb bellach yn ei amddiffyn.

Rhuthrodd pawb, fel un, i mewn i'r clwb.

TRIC OLAF Y CONSURIWR

Yn llys yr Arch-ddug, roedd y consuriwr yn y dillad lliwgar wrthi'n diddanu'r dorf. Roedd ei jôcs wedi methu'n llwyr. Dim ond triciau oedd ar ôl.

Roedd ei lygaid ar gau, a'i ddwylo o'i flaen. Ac o flaen y rheiny, roedd golygfa hudolus i'w gweld.

Mewn sbarciau a fflachiadau, roedd Casus yn brwydro yn erbyn yr Horwth â'i fwa croes. Hedfanai'r bwystfil yn ei unfan, yn rhuo ac anadlu mwg, a Casus yn osgoi ei holl ymosodiadau.

Ffion: Dyna'n union ddigwyddodd, mae'n siŵr gen i, ar ddiwedd y stori?

Orig: Y peth cynta i'w gofio am ddod yn anturiaethwr, Ffion – does dim byd yn mynd fel y disgwyl.

Am unwaith, roedd pawb yn mwynhau castiau'r consuriwr, a neb yn fwy na Casus ei hun. Teimlodd falchder yn ei lenwi wrth weld ei hun yn chwarae mig â'r bwystfil.

Ond yna aeth rhywbeth o'i le. Dechreuodd wyneb y consuriwr wingo wrth iddo golli gafael ar ei hud. Disgynnodd filoedd o sbarciau i'r llawr. Dim ond sgerbydau o Casus a'r Horwth oedd ar ôl.

Ac erbyn hyn, yr Horwth oedd yn ennill. Aeth bollt ar ôl bollt i gyfeiriad y bwystfil, y rhan fwyaf yn methu'n llwyr. Yn y man, llwyddodd un i daro'r targed. Gyda sgrech o boen, fflapiodd adenydd y creadur unwaith eto, cyn iddo ddisgyn yn farw – ar ben Casus. Lledodd y sbarciau hud ar draws yr ystafell. Disgynnodd y bachgen ar ei liniau, yn brwydro i ddal ei wynt.

Plannodd yr Arch-ddug ei ben yn ei ddwylo.

"Llwyddiant ysgubol arall," meddai'n sych. "Diolch, Nad."

Cododd y consuriwr – Nad – ei hun ar ei draed wrth i dri newydd ddod i mewn i'r llys. Y ddynes lwyd oedd un, yn sgriblo'n wyllt ar ei sgrôl. Wrth ei hymyl, y ddynes fawr o'r Caban Sianti, yn edrych o'i chwmpas yn ddrwgdybus. Ac o'u blaenau, bachgen yn ei arddegau a bag mawr ar ei gefn, yn cyfarch pawb o'i gwmpas gyda gwên ar ei wyneb.

"Nid fe yw'r un iawn," meddai'r Arch-ddug. "Y mynach ddywedais i."

"Y llall yn rhy hen," esboniodd y ddynes lwyd. "Hwn yn

ddewis gwell, medde fe."

"Hm."

"Pam eich bod chi f'angen i?" meddai Heti. "Fi moyn y gwely."

"Oherwydd mai ti yw'r cryfaf ohonom i gyd," atebodd yr Arch-ddug. "Fi wedi dy weld di'n neidio i'r môr i reslo archosawr, a dringo ar y lan heb farc arnat ti."

"Ie, ond *pam*?"

Pwysodd yr Arch-ddug ymlaen.

"Rwyt ti'n mynd i drechu'r Horwth." Goleuodd wyneb Pietro. "Ti, a Casus, a'i gogyddes, a'r mynach bach. Chi am roi terfyn ar yr hunllef sydd wedi gwneud ei gartref ar y Copa Coch. Ar ein rhan ni i gyd. Ar ran Porth y Seirff."

Safodd Heti'n fud wrth i Pietro ysgwyd dwylo Sara a Casus yn frwdfrydig.

"Fyddai'n well gen i beidio," meddai o'r diwedd.

"Gei di fynd gyda'r rhain," meddai'r Arch-ddug, "neu gei di dy daflu i'r môr gyda meini hirion wedi clymu i dy draed. Fydd e'n cymryd criw i wneud hyn – hanner y dre, mae'n siŵr. Ond fe wnawn ni."

Ysgydwodd Heti ei phen, wedi'i churo.

"Gadewch i mi bacio, o leiaf," meddai.

"Arch-ddug," meddai Casus, yn camu ymlaen. "Gair o gyngor. Gadewch i mi a'r gogyddes fynd ein hunain. Mae'r

Yr Arch-ddug

siwrne'n un beryglus, a ..."

"Mae'r penderfyniad wedi'i wneud," meddai'r Arch-ddug gan godi ar ei draed. "Un mynydd. Un bwystfil. Y pedwar ohonoch chi. A phum cant o Seirff Aur yn y fantol. Cychwynnwch fory cyn iddi nosi."

Camodd Casus yn ôl gan wgu. Aeth Sara ar flaenau ei thraed a sibrwd yn ei glust, a gwên ddireidus ar ei hwyneb.

"Canolbwyntia ar anturiaethu. Llai o siarad."

Cododd Casus ael chwareus wrth i Nad y consuriwr gamu yn ei flaen eto. Cliriodd ei wddw.

"Felly," meddai Nad, ei lais yn cracio. Pwyntiodd at Casus. "Ym ... mae 'na gogyddes a bownsar a mynach yn cerdded i mewn i dafarn ..."

"Gei di fynd hefyd," meddai'r Arch-ddug, yn torri ar ei draws cyn i Nad orffen siarad. "Falle gwnaiff dy jôcs di ladd yr Horwth pan mae popeth arall yn methu."

Llifodd chwys oer i lawr asgwrn cefn Nad.

"P-pardwn?"

"Wnei di well anturiaethwr na chonsuriwr, gobeithio. Anodd iawn i ti fod yn *waeth*."

Wrth i Pietro ysgwyd ei law yntau edrychodd Nad o'i gwmpas mewn syndod ar yr Arch-ddug a'i lys, oedd newydd ei yrru ar siwrne anobeithiol i ganol nunlle, ac ar y criw rhyfedd fyddai'n teithio gydag e, criw o bobl oedd erioed wedi cyfarfod â'i gilydd cyn hyn … ond oedd wedi'u taflu at ei gilydd dros nos, gyda ffawd dinas gyfan yn eu dwylo.

"Jest fy lwc i," meddai.

I GOED Y SEIRFF

Daeth y pump at ei gilydd ganol y prynhawn canlynol ar glwt o dir sych i'r gogledd o'r dref.

Roedd trigolion Porth y Seirff wedi llwyddo i ddofi eu rhan nhw o'r goedwig, ac yn cyflogi ambell filwr a heliwr i fynd ar batrôl o amgylch y ffiniau. Syllodd ambell un at y criw o deithwyr, yn methu deall pam y byddai unrhyw un yn gwneud y fath siwrne. Roedden nhw'n rhy gyfarwydd â holl erchyllterau Coed y Seirff i fentro ymhell o'u cartref.

Doedd gan Nad ddim byd ond ei siwt liwgar. Ambell sosban a phadell ffrio mewn sach oedd gan Sara, a Pietro'n gafael yn dynn yn strapiau ei fag llyfrau. Roedd Casus yn teithio'n ysgafn, gyda'i fwa croes ar ei gefn, cleddyf a chyllell ar ei felt, a bag o amgylch ei ganol yn cynnwys ychydig o fara sych, offer dringo, ac ambell fflint.

Roedd Heti wedi cysgu'n hwyr ac yna wedi mynnu cael cinio mawr cyn cychwyn. Hi oedd yr olaf i gyrraedd, gyda bag ar ei chefn oedd yn gwneud i un Pietro edrych fel pwrs, yn cynnwys popeth y byddai ei angen arni er mwyn byw'n gyfforddus yn y tir gwyllt.

"Croeso, Heti," meddai Sara'n ddirmygus. "Dim brys mawr. Dim ond trechu anghenfil ni angen gwneud."

"Hm," atebodd Heti.

Eisteddai Casus ar gefn ei geffyl – creadur lliw castan, nobl iawn yr olwg – yn edrych i gyfeiriad Porth y Seirff. Trodd tuag at yr olygfa o'i flaen – wal o goed yn ymestyn at y cymylau ac ambell lwybr bach digon tila yn nadreddu rhyngddyn nhw.

Cymerodd ddracht arall o'i fflasg.

"Mae'n hwyr yn barod," meddai. "Debyg y bydd rhaid i ni dreulio'r noson yn y goedwig 'ma. Ond dyna fywyd anturiaethwr. Wnewch chi ddod i arfer â'r peth."

"Neu wnawn ni farw," meddai Nad. Chwarddodd neb.

Gyrrodd Casus ei geffyl ymlaen a phawb arall yn dilyn ar droed.

Aeth rhai oriau heibio i gyfeiliant crensian traed y cwmni, crawcian yr adar yn y coed, hisian ambell neidr ac archosawr yn y pellter, a chleber difeddwl Pietro.

Dechreuodd dywyllu'n gynt nag arfer, yr haul wedi'i guddio gan y coed cawraidd. Edrychodd Sara o'i chwmpas yn ddrwgdybus, a chrynu wrth i wynt oer chwipio drwy'r dail. Brasgamodd i gyrraedd Casus, ei geffyl yn trotian o flaen pawb arall.

"Oes enw 'da fe?" gofynnodd Sara. Edrychodd Casus i lawr gan wenu'n drist.

"Y ceffyl? Na, dwi ddim yn trafferthu. Dydyn nhw ddim yn dueddol o fyw'n hir, mae gen i ofn."

"Fyddwn i'n hoffi ei enwi."

"Dwi ddim yn argymell y peth. Be oeddet ti isio, Sara?"

"Dim ond gofyn be allen ni ei ddisgwyl ar y daith. Fi'n cymryd nad yw'r siwrne i'r Copa Coch yn un hawdd."

"Mae'r peryglon yn dechrau," meddai Casus, "yn y goedwig. Mae bwystfilod yn rhemp yma. Archosawriaid a nadroedd, wrth gwrs, fforysiaid yn amddiffyn eu hwyau'n ffyrnig, chwilod maint cŵn yn y brigau ucha."

Roedd Pietro ac yntau wedi brysio i ddal i fyny â'r gweddill, gyda Heti ychydig gamau y tu ôl iddyn nhw.

"Gefais i fy magu yn y goedwig," meddai Sara. "Does dim rhaid i ti esbonio dim am y lle."

"Rwyt ti'n gwybod am y lladron, felly," meddai Casus, yn torri ar ei thraws, "yn byw ymysg y coed, yn rhy wyllt hyd yn oed i Borth y Seirff. Fydden nhw wrth eu boddau'n ein gweld ni'n mynd am dro drwy eu tiroedd nhw. A dyna Fryniau'r Hafn wedyn, i'r gogledd. Lle digon tawel ar yr olwg gynta. Llwybrau bach yn gwau drwy ddolydd blodeuog, ac ar hyd y llethrau tyner ..."

Rhai o Greaduriaid Coed y Seirff

Sinach-y-Brigau

Chwilen Frenhinol

Dringhedydd Coch

Brac-Brac

Fforws

Drewgath

Llafniar

Hunllef y Dyfnder

Sarff Ddŵr

Archosawr

Ffion: *Aros funud. Welais i Fryniau'r Hafn o'r pellter, yn dringo i fyny yma. Ffosydd dwfn oedd rhwng y bryniau, yn llawn mwd a cherrig mân, nid llwybrau. A welais i'r un ddôl flodeuog.*

Orig: *Dalia i wrando.*

"Mae rhai'n dweud," aeth Casus ymlaen, "bod 'na dwneli o dan y bryniau. Olion hen deyrnas, wedi diflannu ers canrifoedd. Erioed wedi'u gweld nhw fy hun, ond dwi'n amau bod gwir beryg Bryniau'r Hafn yn dod o'r môr."

"Y môr?" gofynnodd Pietro.

"Dwi wedi clywed hanesion am greaduriaid yn mentro o'r dyfroedd a chrwydro'r bryniau. Yn edrych fel dynion, yn cario cleddyfau a chyllyll hirion ... ond bod eu dannedd yn hir, a'u croen yn gennog ... ac yn wyrdd."

"Na," meddai Pietro'n gadarn. Daeth i stop a chroesi ei freichiau yn ei bwd. "Dwi wedi darllen ambell lyfr, Casus. Pump cant tri deg ac un, i fod yn benodol. A does dim sôn yn unman am y fath bethau. Croen gwyrdd, ac yn cerdded ar ddwy goes? Nonsens!"

Safodd pawb yn fud. Oedd y bachgen ifanc 'ma *wir* wedi herio un o arwyr mawr y byd?

Gwenodd Casus o glust i glust, gan dorri'r tensiwn.

"Mae 'na fwy i'r byd na llyfrau, Pietro bach," meddai o'r diwedd. "A diolch byth am hynny."

Gwridodd Pietro, a rhwbio'i droed yn y mwd.

"A wedyn dyna'r Copa Coch ei hun," aeth Casus ymlaen, ei wên yn diflannu. "Cafodd brwydr fawr ei hymladd yno, medden nhw. Suddodd gwaed y milwyr i'r pridd, yn ei liwio'n goch tan ddiwedd amser. Mae rhai'n honni bod ysbrydion y milwyr yn dal i lechu yno, mewn ogofeydd ymhell o dan yr wyneb. Heb sôn am yr Horwth ei hun, wrth gwrs. Mae'r lle dan felltith. Mae hud a lledrith fel petai'n ... *craclo* yno. Yn *fyw*. Pwy a ŵyr pam."

Aeth pawb yn dawel, yn meddwl am y daith o'u blaenau. Daeth crawc o'r brigau uwch eu pennau.

"Alla i gynnig esboniad," meddai Pietro, gan ollwng ei fag o'i ysgwyddau a thynnu map allan. Roedd yr holl diroedd o amgylch y Copa Coch wedi eu darlunio arno. Pwyntiodd Pietro at wahanol rannau, yn llawn cyffro. "Anialwch i'r de o'r mynydd. Welwch chi? A thwndra i'r gogledd. Y Duwiau Gwres ac Oerfel yn brwydro yn erbyn ei gilydd am reolaeth o'r mynydd."

Chwifiodd y map uwch ei ben yn fuddugoliaethus.

"*Dyna* pam bod hud yn gryf yno. Mae o wastad yn gryf mewn llefydd fel'na. Gwyddoniaeth syml, gyfeillion."

Neidiodd Casus oddi ar ei geffyl a rhoi ei law ar ysgwydd Pietro.

"Mae'n nosi," meddai'n addfwyn. "Gosoda di wersyll yma.

Mae mapiau a llyfrau'n ddefnyddiol o bryd i'w gilydd ... ond paid ag anghofio talu sylw i'r byd go iawn o dro i dro."

Gwenodd Pietro a mynd ati'n syth.

"Chi'ch dau," meddai Casus gan bwyntio at Sara a Nad. "Dach chi'n edrych fel rhai da i nôl bwyd."

Edrychodd y ddau ar ei gilydd a diflannu i mewn i'r coed, gyda Nad yn cwyno'n barod.

"A titha ..."

Trodd Casus at Heti. Roedd hi'n gorffen clymu hamoc rhwng dwy goeden. Disgynnodd i mewn iddo a chau ei llygaid, yn gwneud ei gorau i anwybyddu synau'r goedwig o'i chwmpas.

"Ymlacia," chwarddodd Casus.

CEIRIOS, MADARCH, A MWYAR

Aeth Nad ar ei liniau yn y mwd. Caeodd ei lygaid a mwmian rhywbeth o dan ei wynt.

Fflachiodd yr awyr o'i flaen. Ymddangosodd cwningen yn ddisymwth, o'r traed i fyny, wedi ei gwneud o gannoedd o beli golau.

"Beth wyt ti'n wneud?" gofynnodd Sara.

"Abwyd," meddai Nad rhwng ei ddannedd. "Abwyd hud."

"Does dim cwningod yn y coed 'ma," meddai. "Ti'n gwastraffu dy amser. A beth bynnag, fi ddim yn bwriadu hela anifeiliaid."

Collodd Nad afael ar ei hud. Syrthiodd y gwningen ar ei hochr, heb i'r pen ffurfio, a ffrwydro'n ddarnau mân.

"Wrth gwrs ddim," meddai. "Fyddai hynny'n rhy syml."

Edrychodd i fyny. Roedd Sara ymhell uwch ei ben, ym mrigau un o'r coed enfawr, ei breichiau'n llawn ffrwythau gwyrdd, crynion, eu crwyn yn galed ac yn bigog.

"Ceirios y Cewri," meddai Sara. "Yn blasu'n union fel cig, medden nhw. Erioed wedi bwyta cig fy hun."

Llithrodd i lawr y boncyff, y ffrwythau'n tasgu i bobman. Gwnaeth Nad ei orau i'w dal, ei freichiau'n llawn wrth i Sara frasgamu heibio.

"Ddywedaist ti dy fod di wedi dy fagu yma?" gofynnodd Nad, yn edrych o'i gwmpas yn ddrwgdybus. "Lwcus."

"A 'ngeni yma," meddai Sara, "fi'n meddwl. Dim syniad pwy oedd fy rhieni. Y lladron 'na soniodd Casus amdanyn nhw, mae'n siŵr. Ond yr anifeiliaid magodd fi. Y cŵn gwyllt, y fforysiaid ... hyd yn oed y nadroedd a'r chwilod. Pam fyddwn i'n eu bwyta nhw ar ôl iddyn nhw fod mor garedig?"

Edrychodd Sara i fyny at frigau coeden arall.

"Mam-fadarchen," meddai'n llawn parch. Dechreuodd ddringo eto. Craffodd Nad i fyny. Roedd madarchen biws yn tyfu o'r boncyff, a honno'n fwy na Heti.

"A pwy ddysgodd ti sut i siarad?" gofynnodd Nad. "Y nadroedd 'ta'r chwilod?"

Ffion: Ha! Un digri ydi Nad.
Orig: Nid pawb sy'n cytuno, coelia di fi.

Nad

"Ro'n i ym Mhorth y Seirff yn bump oed," atebodd Sara. Tynnodd gyllell o'i belt a hollti'r fadarchen yn ddarnau mân, gan adael i Nad eu dal. "Tua pump, ta beth. Grwydrais i'n rhy agos i'r lle. Cael fy nal gan heliwr. Symud o un joban i'r llall, mewn a mas o'r ddalfa. Doedd dim dewis *ond* dysgu siarad."

"Feddyliaist ti ddim am ddychwelyd 'ma?"

"Sawl gwaith. Ond yr anifeiliaid ..."

Arafodd llais Sara.

"Maen nhw'n anghofio. Do'n i ddim yn un ohonyn nhw bellach. Fi'n credu eu bod nhw'n medru arogli Porth y Seirff arna i."

Dringodd Sara i lawr y boncyff, a cherddodd y ddau yn eu blaenau mewn distawrwydd.

"Be ti'n feddwl o'r gweddill?" gofynnodd Nad o'r diwedd.

"Mae Casus yn yfed gormod," atebodd Sara. "Syndod nad yw e'n feddw gaib o fore gwyn tan —"

"Hei!" torrodd Nad ar ei draws. "Mwyar!"

Taflodd y ffrwythau o'i freichiau cyn mynd ati i rwygo dyrneidiau o fwyar coch oddi ar wrych wrth ei draed. Cyn iddo gael cyfle i'w bwyta, trawodd Sara gefn ei law gan dasgu'r mwyar dros y llawr.

"Y ffŵl!" llefodd Sara. "Dwyt ti ddim yn nabod peli tân pan ti'n eu gweld nhw? Does 'na ddim byd mwy peryglus yn yr holl goedwig!"

Syllodd Nad ar y mwyar, a'r chwys yn diferu o'i dalcen.

"Diolch," meddai o'r diwedd. "Fyddai hynny wedi dod â'm hantur i ben yn gynnar. Dyna siom fyddai hynny 'di bod."

Cododd Nad y darnau o fam-fadarchen a cheirios y cewri o'r llawr, wrth i Sara godi'r peli tân a'u rhoi yn ei sgrepan.

"Be ti'n neud?" gofynnodd Nad. Edrychodd Sara ato.

"Allen ni ddim eu gadael nhw i'r anifeiliaid."

Syllodd Nad ar Sara cyn codi ar ei draed. "Ti'n un od ar y naw," meddai wrthi.

Syllodd Sara yn ôl tuag at Nad, ei ddillad lliwgar yn hongian oddi arno a'i freichiau'n gwegian dan bwysau'r ffrwythau mawr. Sleifiodd gwên i'w hwyneb.

"Mae hynny'n ddweud mawr, i ti. Beth yw dy stori di, beth bynnag?"

Cododd Nad ei ysgwyddau.

"Roedd fy rhieni'n fasnachwyr, yn hwylio fan hyn fan draw yn gwerthu sbeis, cotwm, siwgwr ... tan ddwy flynedd yn ôl. Bryd hynny, ddaethon ni at Borth y Seirff ... heb wybod mai Chasga Greulon oedd yn rheoli'r lle."

Aeth ias drwy Sara. Roedd hi'n cofio Chasga. Am y mis roedd hi mewn grym, roedd Porth y Seirff yn fwy gwyllt nag erioed.

"Cafodd y criw i gyd eu llusgo i'r llys," meddai Nad, ei lais yn ddiemosiwn. "Roedd Chasga'n amau ein bod ni'n smyglwyr, medde hi ... dwi'n meddwl mai un jôc fawr oedd yr holl beth. Adawodd fy rhieni, na'r criw, mo'r llys yn fyw. Fyddwn i wrth fy modd yn rhoi'r manylion i ti, Sara, ond ... mae'n teimlo fel breuddwyd bellach. Ddigwyddodd popeth mor gyflym."

Am unwaith, roedd Sara'n gegrwth a'r consuriwr yn rhyfeddol o ddiemosiwn.

"Pam cefaist ti fyw?" gofynnodd o'r diwedd.

"Achos 'mod i'n ddigri," atebodd Nad yn syth. Crychodd Sara ei cheg. "Ac achos 'mod i ddim yn ddrwg efo hud a lledrith. Ddim yn *dda*. Ond ..."

Estynnodd Nad ei law ymlaen. Dawnsiodd ambell lygedyn o olau drwy'r coed cyn syrthio i'r llawr yn gwichian. Cododd Sara ei haeliau.

"Mae'n ddrwg gen i," meddai Nad.

"Ti'n gwneud yn well na fi," atebodd Sara. "Does gen i ddim o'r gallu."

"Na ... am y stori. Dydw i ... erioed wedi dweud wrth neb. Am fy rhieni. Dwn i ddim pam daeth popeth allan fel'na. Achos fy mod i wedi dianc o'r twll lle 'na, mae'n rhaid."

"Neu," mentrodd Sara, yn gwneud ei gorau i dorri'r tensiwn, "oherwydd fy ngharisma naturiol."

Byw yn Wyllt yng Nghoed y Seirff

Canllawiau bwyta i anturiaethwyr

CEIRIOS Y CEWRI
Yn blasu fel cig, ond
yn llawer mwy pigog.

**FFRWYTHAU
ALABASTR**
Da mewn cawl. A
phastai. A saws hallt.
A salad. A phicl. A...

**GWREIDDIAU
GWRACH Y GWELLT**
Gwych.

CYRAINTS BYW
Hyfryd os allwch chi
eu dal nhw.

MAM-FADARCHEN
Peidiwch â'i llyncu
mewn un darn.

DAIL GOFID
Iawn mewn cyrri.
Iawn, ond ddim yn
grêt.

- - - - - - - - - - - - - PERYG! - - - - - - - - - - - - -

PELI TÂN
Cadwch Draw!

CYLLELLWAIR
Blasus, ond yn debyg
o dorri eich gwddwg
wrth ei lyncu.

BLAGUR SALW
Yn eich lladd.
Yn syth

Syllodd Nad yn ôl, a chysgod o wên yn chwarae o amgylch cornel ei wefus.

"Paid â sôn am hyn wrth y gweddill."

"Dim un gair," atebodd Sara.

STRAEON O
AMGYLCH Y TÂN

Yn yr hamoc roedd Heti yn dal i hepian cysgu. Pwffiodd Casus ar getyn wrth ei hymyl, gan bwyso ar ei geffyl. Y tu ôl iddyn nhw roedd Pietro wrthi'n codi gwersyll – yn ddigon medrus, a chysidro mai un llaw oedd ganddo. Llosgai tân mawr yng nghanol y gwersyll, yn goleuo'r gwyll o'u hamgylch.

"Pump o fôr-ladron?" gofynnodd Pietro, yn llawn edmygedd. "Ar yr un pryd?"

Nodiodd Casus.

"Roedd gen i gleddyf hud ar y pryd. Otakar, y torrwr gyddfau. Mae trechu pump o fôr-ladron ar yr un pryd yn ddigon hawdd efo arf fel'na. Gollais i hwnnw rhywle yn Ogofeydd Carahasan. Siom."

"Ogofeydd Carahasan? Naci? Go *iawn?*"

"Un tro," meddai Heti'n gysglyd, "daeth pymtheg o weision Hinto Llygad Las i'r Caban Sianti. Eisiau ffrae, wrth gwrs. Roedd rhaid i fi ymladd yn eu herbyn *nhw* ar yr un

Casus

pryd. Roedd fy nyrnau i'n brifo am wythnosau."

Syllodd Casus tuag ati'n fud. Ysgydwodd ei ben.

"Ogofeydd Carahasan," meddai'n freuddwydiol. "Dyna le. Drysau mawr pren yn arwain i mewn iddyn nhw, dwsinau o felltithion wedi'u cerfio ynddyn nhw mewn degau o ieithoedd. Roedd rhaid i fi losgi'r drysau, gan ddod â'r mynydd i lawr ar eu pennau nhw. Dwi'n cofio'r fflamau'n codi'n uchel, a'r drysau'n sgrechian. Ond mi weithiodd o. Ddaw neb ar draws yr ogofeydd eto. Gobeithio."

Orig: Roedd e'n anghywir. Welais i nhw fy hun, rai blynyddoedd yn ôl. Roedd rhai o arwyr y Copa Coch wrth fy ymyl. Ddaeth pawb ddim allan eto.

Ffion: Ti am ymhelaethu ar hynny?

Orig: Popeth yn ei dro, Ffion. Popeth yn ei dro.

"Tân ..." mwmiodd Heti. "Dyna fy atgoffa i am y tro aeth y Caban Sianti ar dân. Roedd Chasga Greulon yno, a'i gweision. Rhywun wedi cynnau'r tân i gael gwared arni hi, cyn ei hamser. Roedd rhaid i fi gerdded i ganol y fflamau ar ben fy hun, a'i hachub. Ei thaflu dros fy ysgwydd fel petai hi'n ddoli glwt. Achub ei gweision wedyn, un ar bob ysgwydd, un arall dan bob cesail. Fi'n dyfaru'r peth erbyn hyn, wrth gwrs, ond joban oedd joban. Gymerodd hi fis i ailadeiladu'r lle. O leia gefais i wyliau mas o'r peth."

Bu bron i getyn Casus syrthio o'i geg.

"Mae'n swnio i mi," meddai gan chwerthin, "dy fod ti'n un dda i'w chael wrth fy ymyl wedi'r cwbl, Heti."

Cyn i'r un ohonyn nhw adrodd mwy o straeon, daeth Sara a Nad drwy'r coed, a breichiau'r ddau yn gwegian dan bwysau ffrwythau a llysiau.

"Be ydi ystyr hyn?" gofynnodd Casus. "Doedd 'na ddim cwningod?"

"Does dim cwningod yng Nghoed y Seirff," atebodd Nad yn hyderus. "Mae pawb yn gwybod hynny."

Gollyngodd Sara ei llwyth wrth ymyl y tân. Pwniodd Casus y pentwr â blaen ei droed.

"Ti'n gwybod sut i goginio'r rhain, o leia?"

Cododd Sara ei hysgwyddau.

"Yr un peth ag arfer," meddai. "Eu rhoi nhw ar dân, a gweld beth sy'n digwydd."

Oedodd Casus cyn chwerthin yn uchel, ei lais yn atseinio yn y tywyllwch.

"Mae'n rhaid i bawb ddechrau'n rhywle, sbo. Dwi'n edrych 'mlaen at swper, Sara o'r Coed."

Clymodd Pietro gwlwm, gan ddal y babell olaf yn ei lle, a throi at Sara.

"Mam-fadarchen sgen ti fan'na?" holodd yn llawn cyffro,

cyn baglu tuag ati a chymryd llond llaw o ddarnau. "Gyda bendith Dohi, alla i wneud ffisig digon derbyniol o'r rhain."

"Croeso," meddai Sara.

Neidiodd Heti o'r hamoc, ei ffurf anferth bron ag ysgwyd y coed wrth iddi lanio. Chwaraeodd ei thafod o amgylch ei cheg wrth iddi daflu golwg dros helfa Sara a Nad. Heb air, cymerodd geiriosen y cewri gyfan iddi hi ei hun, diflannu i un o'r pebyll, a chau'r fynedfa ar ei hôl.

Yn y man, daeth ei llais o'r tu mewn.

"Nos da. Peidiwch â 'neffro i'n rhy gynnar."

Edrychodd Casus o'i gwmpas mewn anghrediniaeth. Roedd Heti wedi diflannu, Pietro'n cyrcydu uwchben powlen o fadarch gan sisial gweddïau wrthoi'i hun, Sara'n ceisio cynnau tân gyda choed gwlyb, a Nad yn gwneud ei orau i'w chynorthwyo gan gwyno bod ei stumog yn wag.

Eisteddodd Casus ar lawr, yn stwffio dail sych i'w getyn.

"Gymera i'r wylfa gynta, felly," meddai. Sleifiodd gwên fach ar ei wyneb. Roedd hi'n braf cael cwmni ar ei anturiaethau, dim ots pa mor hurt oedden nhw.

Pwysodd yn ôl ar goeden, a gwylio mwg ei getyn yn troelli tua'r brigau uwch ei ben.

YR WYLAN

Deffrôdd Sara gyda naid.

Roedd arogl cyfarwydd yn ymosod ar ei ffroenau. Lludw sur, math o bowdwr roedd helwyr yn ei ddefnyddio i ddenu anifeiliaid.

Cododd ar ei thraed, agor ei phabell, a sleifio allan i'r nos. Roedd y lleuad wedi hanner ei chuddio uwch ei phen, a llusern yn goleuo pabell Pietro. Roedd o wrthi'n darllen llyfr trwchus, ei geg ddim hyd yn oed yn symud gyda'r geiriau.

Ffion: *Rydw* i'n *medru gwneud hynny, hefyd.*
Orig: *Da iawn, Ffion. Does neb yn hoff o froliwr.*

Fel arall, doedd dim golau yn nunlle ... heblaw am golsion yn mudlosgi tua phen pella'r gwersyll. Aeth Sara atyn nhw, yn gofalu peidio gwneud sŵn wrth gamu ar unrhyw briciau.

Yno, uwchben pentwr bach o ludw sur, a llinyn o fwg yn poeri ohono, roedd Casus. Ar ei ysgwydd roedd gwylan

Sara o'r Coed

fach, gyda sgrôl femrwn wedi ei chlymu o amgylch ei choes.

Doedd Sara erioed wedi gweld gwylan mor bell â hyn i mewn i'r goedwig. Gyda sgrech, hedfanodd yr aderyn i ffwrdd. Collodd Sara ei thrywydd yn ddigon buan. Roedd y noson yn rhy dywyll, hyd yn oed iddi hi.

Trodd Casus ar ei sawdl. Lledaenodd ei lygaid fymryn wrth weld Sara o'i flaen.

"Neges i'r Arch-ddug," meddai, ac ystumio i gyfeiriad yr wylan. "Fydd o'n falch o glywed ein bod ni'n iawn. Mae Coed y Seirff yn beryg, fel ti'n gwybod."

Roedd Sara wedi adrodd ei hanes i'r criw dros swper ... gan gadw'n dawel am gefndir Nad.

"Does neb gwell na ti," aeth Casus ymlaen, "i gadw'r wylfa nesa. Esgusoda fi, Sara, ond mae'r gwely'n galw."

Brasgamodd tuag ati. Cyn pasio, rhoddodd law gefnogol ar ei hysgwydd.

"Arhosa'n dawel. Arhosa'n wyliadwrus. Ac, yn fwy na dim, arhosa'n *effro*."

Diflannodd Casus tua'r gwersyll. Heb air, taenodd Sara ddail gwlyb dros y pentwr o ludw. Pesychodd y llinyn o fwg am un tro olaf, a chafodd ei llyncu gan y tywyllwch.

LLADRON AR Y LLWYBR

Arhosodd Sara ar ei thraed tan yr oriau mân. Gwnaeth ei gorau i ddeffro Heti, ond methodd. Galwodd ar Pietro i gymryd yr wylfa nesaf yn ei lle. Roedd e'n fwy na bodlon gwneud.

Wrth i'r haul godi, roedd Pietro yn codi pawb ar eu traed yn barod ac yn pacio'r pebyll ar eu holau. Gwnaeth Sara ei gorau i ffrio gweddill y fadarchen. Disgynnodd Heti i'r hamoc eto, ei llygaid wedi hanner cau. Paratôdd Nad fwy o swynion. Edrychodd Casus yn wyliadwrus tua'r gogledd ar gefn ei geffyl.

"Edrych fel glaw," meddai. "Mae'n ddigon anodd teithio yn y goedwig 'ma fel mae hi. Well i ni symud."

Roedd y bore'n ddigon digyffro. Toc cyn cinio, dechreuodd y glaw, yn eu gwlychu i gyd at y croen. Daeth Sara o hyd i ambell goeden alabastr, ac ysgwyd bwnsieidiau o ffrwythau gwynion oddi arnyn nhw. Methodd yn llwyr yn ei hymdrechion i gynnau tân, felly bu'n rhaid i'r cwmni fodloni ar fwyta'r ffrwythau'n amrwd, eu dannedd yn brwydro i dorri drwy'r croen caled.

"Rhywun yn gwybod am gaffi da rownd ffor'ma?" meddai Nad yn wawdlyd, gan stryffaglu i wthio darn o ffrwyth i lawr ei gorn gwddw.

Roedd Sara ar fin ateb pan ddaeth sŵn corn ar y gwynt. Llenwodd yr awyr o'u cwmpas â saethau. Roedd lladron Coed y Seirff ar eu pennau.

Ffion: Y lladron? Ro'n i'n gwybod eu bod nhw ar y ffordd! Be ddigwyddodd iddyn nhw 'ta? Casus yn eu llorio nhw ar ei ben ei hun, siŵr o fod.

Orig: Doedd neb yn medru cytuno ar y peth.

Ffion: Pardwn?

Orig: Wel, roedd pawb yn honni, nes ymlaen, mai nhw drechodd y lladron. Rhwng y glaw a'r gwallgofrwydd o'u cwmpas ym mhobman, doedd dim posib dweud pwy gafodd y gorau arnyn nhw. Roedd e'n destun trafod yma am flynyddoedd wedyn. Testun trafod ... ac ambell ffrae.

Ffion: Felly ... cha' i ddim gwybod be ddigwyddodd?

Orig: O, na. Dydw i ddim am godi'r grachen yna eto. Yr unig beth dwi'n ei wybod o sicrwydd yw bod y pump wedi sefyll mewn cylch, rai oriau wedyn, a dim ond ambell ddiferyn o law bellach

Arfau Porth y Seirff

Llafn yr Uwch-Lys

Nina Garedig

Chwip-o'r-Coed

Picell y Dŵr

Y Canwr Sianti

Cryman Alabastr

Danadl y Seirff

Llafnddyrnau

Dant yr Archosawr

Cnoc-y-Boncyff

yn disgyn. Roedd rhai'n gwaedu, eraill yn brwydro am eu hanadl,
a phawb yn chwysu chwartiau.

Edrychodd Casus at y criw a rhoi ei fwa croes yn ôl ar ei gefn.

"Dal yn fyw, dwi'n gweld," meddai. "Wnewch chi anturiaethwyr eto. Ffwrdd â ni, cyn i fwy ymddangos."

Erbyn diwedd y prynhawn, camodd y criw allan o Goed y Seirff o'r diwedd. Roedd Bryniau'r Hafn yn ymestyn o'u blaenau.

Ffion: *Alla i ddim credu hynny. Doedd yr un ohonyn nhw'n medru cytuno be ddigwyddodd? Dim un manylyn bach?*

Orig: *Nid am y tro ola, coelia di fi.*

Camodd Heti o flaen y gweddill, yn edrych o'i chwmpas mewn dryswch.

"Dim coed," meddai'n dawel. "Yn *unman*."

Gwenodd Casus ar gefn ei geffyl.

"Erioed wedi gadael Porth y Seirff?"

Ysgydwodd Heti ei phen a chau ei cheg yn glep. Trodd Pietro tua'r dwyrain lle roedd ambell bentre'n llechu ymysg y bryniau, awr neu ddwy o daith i ffwrdd.

"Edrych yn lle braf," meddai. "Allen ni aros yno heno?"

"Ŵ," meddai Heti, yn sioncio eto. "Ie, os gweli di'n dda. Oes 'na dafarndai yno? Gyda gwlâu cyfforddus?"

"Bryn Hir?" atebodd Casus. "Well gen i beidio. Mae'n un o'r llefydd mwya diflas i mi ei weld erioed. Braf os ydych chi'n hoff o ddefaid yn pori, ond fel arall ... na. Dydi o ddim yn lle sy'n denu anturiaethwyr fel ni."

Anelodd Casus winc at Pietro. Pwyntiodd ymhellach tua'r gogledd, at y mynyddoedd yn codi uwchben y bryniau.

"Fan acw, ar y llaw arall ... Tiroedd y Rhegeniaid. Dyna le. Mae eu dinasoedd mawr ymhellach i'r gogledd-ddwyrain, ond yno, yn y mynyddoedd, mae gwir rym y deyrnas. Yno mae eu gwyddonwyr a'u dewiniaid yn llunio pob math o arfau a thaclau newydd, yn defnyddio haearn a thân a hud, mewn cestyll anorchfygol. Dydw *i*, hyd yn oed, ddim wedi gweld eu cyfrinachau nhw i gyd. Ac wrth gwrs ..."

Pwyntiodd Casus y tu hwnt i Fryniau'r Hafn. Roedd mynydd yn codi'n uchel uwchben y gweddill.

"Dyna ...?" gofynnodd Sara, ei chragen ddi-hid yn diflannu am y tro.

"Y Copa Coch," meddai Casus. "Ac o'r mwg 'na o'i amgylch, mae'n amlwg bod y bwystfil adre. Fyddwn ni yno mewn cwta ddeuddydd ar y cyflymder yma. Gobeithio'ch bod chi'n barod."

Aeth y prynhawn heibio'n ddigon hamddenol. Roedd y

llwybrau rhwng y bryniau a'r blodau gwylltion yn dotio'r llethrau yn newid calonogol o drymder Coed y Seirff. Llifodd y sgwrs yn rhwydd rhwng Sara, Pietro a Nad, gyda Heti'n dal i edrych o'i chwmpas yn fud, a Casus yn marchogaeth o'u blaenau.

Aeth Pietro at ei waith yn syth wedi iddi nosi, yn codi'r gwersyll bron cyn i neb arall sylweddoli ei fod wedi cychwyn arni. Paratôdd Sara salad arbennig o annymunol, wedi'i wneud o wreiddiau hallt a blodau gwylltion.

Ciliodd y criw i'w pebyll yn fuan wedi hynny, eu boliau'n cwyno, gan adael i Casus gymryd yr wylfa gynta unwaith eto.

Gorweddodd Sara yn ei phabell, arogl y môr yn dod ati o bell, ac ambell gri gwylan yn ei rhwystro rhag cysgu.

Fe fyddai Casus wrthi'n gyrru neges arall at yr Arch-ddug, siŵr o fod, yn rhoi gwybod eu bod yn fyw.

"Am ba hyd?" mwmiodd Sara wrthi ei hun cyn cysgu, ei breuddwydion yn llawn lladron yn y coed, creaduriaid gwyrdd yn cropian o'r môr ... a ffurf anferth, ddu yr Horwth yn cysgu ar gopa'r mynydd. Yn disgwyl yn amyneddgar.

SGRECHFEYDD
YN Y NIWL

Nad oedd ar wylfa pan gododd yr haul. Roedd niwl wedi rowlio i mewn o'r môr, gan drawsnewid y bryniau yn llwyr. Ddoe roedden nhw'n dawel ac yn heddychlon, a sisial y gwynt drwy'r gwair yn codi calonnau'r cwmni. Ond bellach, roedd y bryniau'n *rhy* dawel, a'r niwl wedi cau o'u cwmpas fel blanced, yn mygu pob sŵn. Roedd y gwylanod, hyd yn oed, wedi tawelu, gyda dim ond sisial pell y tonnau'n torri'r distawrwydd.

Am oriau, roedd Nad wedi bod yn meddwl am y creaduriaid gwyrdd soniodd Casus amdanyn nhw, yn codi o'r môr, cyllyll rhwng eu dannedd melyn, eu hewinedd yn torri rhychau yn y tir wrth iddyn nhw gropian ar hyd y llawr tuag ato ...

"Arwydd drwg," meddai Casus, yn ymddangos yn sydyn wrth ochr Nad. Bu bron i'r consuriwr neidio allan o'i groen. "Y niwl 'ma. Gwell i ni gychwyn. Dim amser am frecwast, mae gen i ofn. Cadwch yn agos, da chitha."

"Dim brecwast?" atebodd Nad. "Fel arfer, fyswn i'n cwyno am hynny, ond ... wel ... Sara sy'n coginio."

"Diolch yn *fawr*," meddai Sara wrth ei ymyl. Neidiodd Nad eto.

Roedden nhw wedi cychwyn arni'n ddigon buan. Arhosodd pawb yn dawel wrth gerdded, yn ofni pob un chwa o wynt oedd yn chwipio ar hyd y gwair.

Ar ôl awr o deithio, daeth y pump at wersyll gwag ar lethr bychan. Roedd yn amlwg wedi'i adael ar frys – sacheidiau o fwyd wedi'u gadael heb eu bwyta, pebyll syml wedi'u hanner clymu i'r llawr, a chertiau'n aros yn segur, y ceffylau oedd unwaith wedi'u tynnu wedi hen ddiflannu.

Taflodd Heti ei bag ar lawr a'i lenwi ymhellach fyth â bwyd, rhwng cymryd ambell gegiad iddi ei hun.

"Dal yn ffresh," meddai, ei cheg yn llawn cig neidr sych.

"Pwy oedd biau'r gwersyll 'ma?" gofynnodd Pietro.

"Lladron Coed y Seirff?" cynigiodd Casus. "Pwy arall fyddai'n mentro mor bell? Mae 'na bysgod digon unigryw i'w cael ger Penrhyn Enoc. Falle'u bod nhw ar eu holau."

"Glirion nhw o 'ma'n ddigon handi," meddai Nad, "sy'n golygu eu bod nhw'n glyfrach na ni, o leia."

"Yr Horwth," meddai Casus. "Fydd o wedi hedfan ffor'ma, yn ôl o Borth y Seirff. Digon i ddychryn unrhyw un."

Creadur o'r Môr

"Ddaethon nhw ddim yn ôl, ta beth," meddai Sara.

"Sgwn i pam?" holodd Nad yn wawdlyd, gan dynnu ei fawd ar draws ei wddw.

Daeth gwich o ganol y niwl. Neidiodd Casus o'i geffyl. Rhuthrodd pawb tuag at y sŵn i weld Heti ar ei chefn ar lawr, y bag wedi troi drosodd wrth ei hymyl. Roedd ei llygaid yn wyn, a'i bysedd wedi'u plannu yn y tir.

"Be sy'n bod efo ti?" gofynnodd Casus yn ddiamynedd.

"Fi'n *casau* uchder," meddai Heti. "Bron i mi syrthio. Help!"

"Syrthio ... lle?" gofynnodd Pietro. Ond doedd dim rhaid i Heti ateb. Cliriodd y niwl ryw fymryn i ddatgelu clogwyn serth yn arwain tua'r môr. Y tu hwnt, roedd tafod rewllyd o dir yn ymestyn ymhell dros y dŵr. Ysgydwodd Casus ei ben yn flin.

"Penrhyn Enoc," meddai. "Do'n i ddim yn bwriadu dod ffordd hyn. Ond y niwl ..."

Trodd at y gweddill, yn llawn edifeirwch.

"'Dan ni'n rhy agos at y môr. Mae'n ddrwg gen i. Mae'n *wir* ddrwg gen i."

Cyn i unrhyw un fedru ymateb, daeth y niwl i mewn eto, mor drwchus ag erioed. Yn *fwy* trwchus, os rhywbeth. Ac yn dywyllach, bron fel mwg.

Daeth cri gwylan o rywle uwch eu pennau. Ac yna, o'r

gogledd, sŵn arall – sgrech arallfydol yn torri drwy'r niwl ac yn oeri'r gwaed.

Gafaelodd Casus yn benderfynol yn ei fwa. "Mae o yma."

Cododd Heti ar ei thraed.

"Gawn ni orffen hyn felly," meddai hithau, "a mynd adre'n gynnar."

Aeth Nad a Pietro ar eu gliniau i weddïo'n dawel, a dafnau o hud a lledrith yn dawnsio o'u hamgylch. Edrychodd Sara o'i chwmpas yn wyliadwrus. Doedd dim byd i'w weld ond wal o niwl.

Cafodd y criw eu llyncu gan gysgod yr Horwth. O'i sgrechfeydd, roedd yn amlwg bod yr anghenfil yn hedfan mewn cylchoedd uwch eu pennau.

Cododd Pietro a Nad ar eu traed. Daeth llais Casus o'r niwl.

"Cadwch efo'ch gilydd!"

Doedd o ddim i'w weld yn unman. Closiodd y pedwar arall.

"C ... Casus?" meddai Pietro. Yn sydyn, roedd ei awydd i deithio'r byd wedi mynd. Gafaelodd yn ffwr Heti wrth ei ymyl, ei figyrnau'n wyn.

Ffion: Dwi ddim yn beio Pietro. Oes 'na lot o fwystfilod fel yr Horwth ar ôl yn y byd? Be oedd eu henw nhw? Plant Uran?

Orig: Mae oes aur yr helwyr bwystfilod drosodd, bron. Y rhai mawr fwy neu lai wedi diflannu o'r tir.

Ffion: Ond ... mae 'na rai *ar ôl?*

Orig: Oes. Ambell un.

Ffion: Dwi'n gweld ... Wyt ti'n siŵr *does gen ti ddim rhywbeth cryfach na chordial?*

Ysgydwodd y ddaear. Yn rhywle, roedd yr Horwth wedi glanio.

Daeth mwy o sgrechfeydd drwy'r niwl – rhai main a threiddgar. Ac yna, ffurfiau yn cerdded tuag atyn nhw'n bwyllog, ar ddwy goes. O'u cwmpas.

Ffurfiau gwyrdd.

Llyncodd Pietro ei boer. Roedd Casus wedi dweud y gwir a'i lyfrau yntau wedi dweud celwydd.

Roedd llygaid y creaduriaid i'w gweld yn goch drwy'r niwl a golau'n disgleirio oddi ar eu harfau cymysg. Briwiau, creithiau a phlorod yn dotio eu pennau moel, a gwymon – yn gymysg â chwys a llaid – yn glynu i'r llieiniau gwlyb o'u hamgylch.

Ond eu sgrechfeydd oedd fwyaf brawychus, eu lleisiau bron yn ddynol ... ond ddaeth dim geiriau o'u cegau agored, llawn dannedd fel cyllyll. Dim byd oedd yn cynnig bod 'na unrhyw ddealltwriaeth y tu ôl i'r llygaid. Roedden nhw'n anifeiliaid rheibus, a'u hysglyfaeth wedi crwydro'n ufudd i ganol eu tir.

Teimlodd Pietro law ar ei war yn ei lusgo i un ochr. Llwyddodd i redeg am ychydig gamau cyn baglu. Roedd y dibyn yn union oddi tano. Glaniodd Nad yn boenus ar ei ben.

"Nad!" sibrydodd Pietro. "Be wyt ti'n ...?"

"Pietro?" meddai Nad. "Ro'n i'n meddwl mai Heti oeddet ti. Y niwl ... ro'n i angen amddiffyniad a ..."

"Cod ar dy draed," meddai Pietro. "Unrhyw syniadau?"

"Mae gen i fag llawn triciau," atebodd Nad. "Wel ... hanner bag. *Chwarter* bag. Ond dim ond ar greaduriaid simpil maen nhw'n tueddu i weithio."

O'r niwl o'u blaenau daeth un o'r creaduriaid. Yn bwyllog. Yn bwrpasol. Rhedodd ei dafod hir o amgylch ei wefusau a'r poer yn diferu o'i ddannedd.

Yn hyderus, troellodd y creadur y cleddyf wrth agosáu. Ac o nunlle, llenwodd yr awyr o'i gwmpas â goleuadau fel sêr, fel mil o bryfed tân yn dawnsio o'i flaen. Am ennyd, edrychodd y creadur o'i gwmpas mewn perlewyg.

"Mae'n gweithio," meddai Pietro. Roedd Nad wrth ei ymyl, ei lygaid ar gau, ei geg yn symud yn ddi-sain. "Rhed!"

Cyn iddyn nhw gael cyfle, trodd y creadur tuag atyn nhw eto. Ysgubodd y goleuadau o'i ffordd cyn llamu yn ei flaen.

Brathodd ei gleddyf yn ddwfn ym mraich Nad. Daeth sgrech hir, ingol, o geg y consuriwr. Tynnodd y creadur ei gleddyf allan a chwerthin yn isel.

Caeodd Pietro ei lygaid yntau a phwyso ei law ddrwg yn erbyn braich Nad, a'r golau'n amgylchynu'r ddau. Caeodd y briw yn syth.

Disgynnodd Nad ar ei liniau ac edrych i fyny. Roedd y peth gwyrdd yn syllu i lawr tuag ato.

"Mae 'na ffyrdd gwaeth o farw," meddai Nad, cyn oedi am eiliad. "Aros funud ... na, does 'na ddim."

Cododd y creadur ei gleddyf uwch ei ben yn fuddugoliaethus. Cyn cael cyfle i'w ddefnyddio eto, hyrddiodd Pietro ei hun yn ei erbyn, ei bwysau – a phwysau'r bag mawr o lyfrau ar ei gefn – yn bwrw'r creadur i'r llawr. Gwyliodd Pietro y peth gwyrdd yn hwylio dros ymyl y dibyn tua'r môr, yn sgrechian yr holl ffordd.

Chwarddodd Pietro cyn sylweddoli ei fod yntau'n syrthio, yn llithro pen i waered i lawr llethr serth.

Digwyddodd popeth ar unwaith. Gwyliodd Pietro yn gegagored wrth i lyfrau syrthio o'i fag ac i mewn i'r môr. Teimlodd law Nad yn gafael yn ei goes, yn ei dynnu i fyny. Roedd y consuriwr ar ei fol ar ymyl y dibyn. Gwichiodd mewn poen wrth i'r briw yn ei fraich agor eto. Edrychodd i fyny. Roedd un arall o'r creaduriaid gwyrdd yn sefyll uwch ei ben, a bwyell yn ei law.

Heb feddwl, taflodd Nad lond llaw o fflachiadau hud i fyny i wyneb y creadur. Dechreuodd y peth gwyrdd besychu'n wyllt, fel petai'r goleuadau yn gwmwl o baill. Cymerodd Nad fantais o'r sefyllfa. Lapiodd ei goesau o amgylch y creadur a'i dynnu dros y dibyn.

Ond roedd yr ymdrech yn ormod. Disgynnodd Pietro a Nad ar ei ôl, a rhuthrodd y môr i fyny tuag atyn nhw.

Ffion: *Be yn enw'r Olaf ...?*

Roedd Sara a Heti yn cael mwy o hwyl arni.

Sgrialodd Sara drwy'r niwl ar ei chwrcwd a gwneud synau rhyfedd, anifeilaidd, er mwyn denu'r creaduriaid tuag ati. Tro Heti oedd hi wedyn. Reslodd y ddynes fawr â'r creaduriaid, yn gwneud ei gorau i daro'r arfau allan o'u dwylo i ddechrau, cyn eu taro'n anymwybodol â'i dyrnau anferth.

"Fi erioed wedi dod ar draws neb mor gryf â ti," meddai Sara.

"Ti'n amlwg heb gwrdd â fy chwaer," atebodd Heti.

Er ei nerth aruthrol, yn fuan iawn diflannodd hyder Heti. Roedd delio â chwsmeriaid meddw'r Caban Sianti yn un peth, ond roedd hyn yn gwbl wahanol. Bob tro y teimlodd hi anadl boeth y creaduriaid ar ei hwyneb, a gweld eu dannedd miniog yn sgyrnygu, teimlodd yn fwy ac yn fwy allan o'i dyfnder. Glaniodd rhai o'r creaduriaid ambell ergyd arni. Llifodd y chwys o'i thalcen. Arafodd ei choesau.

Roedd 'na ormod ohonyn nhw.

Gafaelodd Sara yn llaw Heti.

"Mae'n rhaid i ni adael," meddai. "Ble mae pawb?"

Law yn llaw, yn gwneud eu gorau i osgoi gweddill y creaduriaid, mentrodd y ddwy drwy'r niwl. Feiddien nhw ddim galw ar y gweddill. A rhywle uwch eu pennau, yn dal i chwythu mwg, roedd yr Horwth ei hun yn hedfan.

Daeth sŵn gweryru ceffyl o'u blaenau. Baglodd y ddwy tuag ato.

Roedd Casus ar gefn ei farch, yn gwneud ei orau i'w dawelu.

"Rhaid mynd," meddai yntau. "Ar y ceffyl. Brysiwch."

"Ond," meddai Sara, "all y creadur druan ddim ein cludo ni i gyd. Yn enw'r Crwydryn, mae Heti ar ei phen ei hun yn ormod iddo fe. A ble mae Nad a Pietro?"

Gafaelodd Casus yn ffrwyn y ceffyl, yn barod i fynd.

"Mae'r Horwth yma," meddai Casus rhwng ei ddannedd. "Dwn i ddim amdanoch chi, ond mae'n well gen i beidio delio efo fo heb baratoi, yng nghanol y niwl 'ma."

Edrychodd Sara o'i chwmpas yn wyllt. Gallai synhwyro cysgod yr Horwth uwch ei phen.

Ychydig gamau i ffwrdd, roedd y niwl yn hanner cuddio un o'r certiau gweigion. Arno roedd ambell gasgen, sachau o hadau ...

... a rhaffau.

"Heti!" meddai Sara. "Helpa fi! Y rhaffau ..."

Nodiodd Heti. Rhuthrodd y ddwy i glymu'r cert wrth harnais y ceffyl wrth i Heti ddringo i mewn iddo.

"Gwirion bost ..." meddai Casus.

Ac yna hedfanodd yr Horwth fel saeth tua'r gogledd, yn union uwch eu pennau, a mwg yn ffrydio o'i geg a'i ffroenau.

Roedd yn symud yn rhy gyflym i Casus allu saethu bollt. Cymerodd ddracht o'i fflasg a gyrru'r ceffyl ymlaen, ei ysgyfaint yn llenwi â mwg.

Cydiodd Sara yn ochr y cert wrth iddo wibio yn ei flaen, a Heti yn ceisio ei llusgo i mewn ati. Ar eu holau daeth gweddill y creaduriaid gwyrdd, pedwar ohonyn nhw, yn sgrechian fel ellyllon.

"Y casgenni ..." meddai Sara. Dechreuodd wthio un allan o'r cert. Roedd Heti wrth ei hymyl yn syth.

Ffrwydrodd y gasgen wrth daro un o'r creaduriaid, gan yrru darnau o bren a brandi i bob cyfeiriad. Disgynnodd y creadur ar ei hyd gyda gwaedd o boen.

"Mae'n gweithio!" bloeddiodd Sara. "Mwy!"

"Gwastraff brandi da ..." meddai Heti. Ond daliodd i

daflu'r casgenni allan, fesul un. Roedd ei hanelu'n ddi-fai. Ffrwydrodd casgen ar ôl casgen yn erbyn y llawr ac yn erbyn y creaduriaid. Gadawodd y tri bentwr o gyrff a phren ar eu holau. Disgynnodd Heti ar ei chefn, a'r blinder wedi'i maeddu o'r diwedd.

"Faint gawson ni?" gofynnodd Sara. "Tri 'ta pedwar? Alla i ddim gweld. Y niwl ..."

Cyn i Heti fedru ateb, daeth llaw werdd dros ochr y cert.

Llamodd y creadur olaf wrth eu hochr, a glanio ar ei ddwy droed. Ysgydwodd y cert wrth iddo godi ei gleddyf uwch ei ben, a rhoi sgrech oedd yn ddigon i oeri'r gwaed.

FFION AC ORIG

Pwysodd Ffion yn ei blaen.

Wrth iddo adrodd y stori, roedd Orig wedi bod wrthi'n aildrefnu'r rhesi o boteli y tu ôl i'r bar, yn taflu unrhyw rai oedd wedi'u torri i mewn i sach wrth ei draed. Doedd dim llawer o rai cyfan ar ôl.

Cododd bot o sudd eirin duon wedi hanner malu, ei gynhwysion wedi tywallt ar hyd y llawr.

"Un o Ymerawdwyr yr Enfer roddodd hwn i ni," meddai. "Dyna drueni."

Cododd y pot at ei geg, heb falio bod y gwydr wedi torri, ac yfed yn hir ohono.

Cliriodd Ffion ei gwddw.

"Ym ... Orig? Adewaist ti'r stori ar ei hanner, braidd."

Rhoddodd Orig y pot yn ôl ar y bar yn hamddenol.

"Beth sy'n bod arna i, wir? A titha ddim wedi bwyta briwsionyn ers cyrraedd. Gymri di rywbeth?"

"Na," ebychodd Ffion, yn taro'i dwrn yn erbyn y bar.

Trysorau Tafarn y Twll

"Dwi isio gwybod be ddigwyddodd."

Atseiniodd rymblan stumog Ffion drwy'r dafarn. Gwenodd Orig.

"Un ai mae 'na ddaeargryn newydd fod," meddai, "neu dwyt ti ddim yn dweud y gwir, Ffion o'r Harbwr Sych."

Drymiodd Ffion ei bysedd yn erbyn y bar. Doedd hi ddim eisiau cyfadde unrhyw wendid. Ac eto ...

"Mae gen i ddrewgath wedi'i blingo yn y selar," meddai Orig. "Y cnawd wedi'i halltu'n barod."

Cododd Ffion ei haeliau.

"Neu mae 'na basteiod pryfed dom," aeth Orig ymlaen. "Mymryn yn hen, o bosib. Mymryn yn oer. Haen o ludw drostyn nhw. Ond maen nhw'n ddanteithion digon blasus, er hynny. Neu mae gen i gasgen o ddarnau llafniar mewn saws madarch. Mae'n siŵr gen i na elli di fwyta un yn unig."

Roedd meddwl Ffion yn chwyrlïo, yn llawn delweddau o fwydydd ecsotig, wedi'u casglu o bedwar ban byd ...

... ac o arwyr Porth y Seirff, ar goll yn y niwl, yn cael eu hela gan bob math o greaduriaid hunllefus.

"Oes gen ti rywbeth ... gwyrdd?" gofynnodd o'r diwedd.

Gwenodd Orig yn drist a thaflu drws yn y llawr ar agor.

"Rwyt ti'n union fel Sara," meddai, a diflannu i'r seler. "Mae gen i ferllysiau wedi'u piclo yma'n rhywle. Ac egin melys mewn cytew, a pheli maip, a chyrri dail gofid. Digon o ddewis."

Ymlwybrodd Ffion draw at yr agoriad yn y llawr a sbecian i mewn. Roedd y seler yn ddu bitsh, ac Orig yn swnio fel petai'n troi'r holl le ar ei ben i lawr er mwyn dod o hyd i'r cynhwysion cywir.

"Be ddigwyddodd wedyn?" gwaeddodd Ffion i lawr y twll. "Efo'r cert? A'r creadur? A'r niwl? A ... phopeth?"

Tawelodd y sŵn o'r seler.

Hedfanodd berllys allan o'r gwyll. Daliodd Ffion y planhigyn yn rhwydd, a chymryd brathiad mawr.

"Roedd delio â'r creadur yn un peth," bloeddiodd Orig. "Ond yn ôl ger y môr, roedd rhywbeth llawer mwy peryg yn disgwyl amdanyn nhw ..."

BROC MÔR

Deffrôdd Pietro, ei ysgyfaint yn llawn dŵr môr, a phoen yn curo fel drwm drwy bob rhan o'i gorff.

Pesychodd gynnwys ei ysgyfaint i fyny a rowlio ar ei gefn. Uwch ei ben, roedd y clogwyn yn ymestyn yn uchel i fyny tuag at Fryniau'r Hafn. Doedd dim golwg o unrhyw niwl bellach.

Faint o amser oedd wedi pasio?

Llwyddodd Pietro i godi ar ei draed a gwneud ei orau i frwsio'r tywod oddi ar ei ddillad llaes. Mwmiodd weddi, a chwifio ei stwmpyn o law o'i flaen. Ciliodd ei boen yn ara deg.

Ychydig gamau i lawr y traeth roedd Nad yn gorwedd, ei ddillad amryliw yn drwm dan bwysau dŵr, tywod, baw, creigiau mân ... ac ambell sbecyn o waed.

Gwibiodd Pietro tuag ato. Aeth ar ei liniau a phwmpio brest Nad â'i ddwylo, a thasgodd cegeidiau o ddŵr o geg y consuriwr. Gwaeddodd enw ei gyfaill gyda phob un ergyd

... ond doedd dim arwydd o fywyd.

Suddodd Pietro yn ddwfn i'r tywod. Dechreuodd wylo'n hir ac yn dawel. Roedd yng nghanol y tir gwyllt, ei ffrindiau wedi'i adael ... ac anturio wedi dod yn beth dychrynllyd iawn.

Ac yna pesychodd Nad ac eistedd i fyny gan riddfan yn isel. Sychodd Pietro'r dagrau o'i lygaid.

"Nad," meddai, yn gwneud ei orau i ymddangos yn ddihid. "Croeso 'nôl. Wnes i dy ddeffro di."

"Dwi mor falch," atebodd Nad. "Mae'n teimlo fel 'mod i wedi torri ... wel, popeth."

Chwifiodd Pietro stwmpyn ei law dros gorff Nad a chau ei lygaid yn dynn. Adroddodd weddi arall, gan frwydro'n galed i wasgu'r hud allan o'i gorff. Roedd ei storfeydd yn mynd yn isel.

Daeth ei swyn i ben heb lawer o effaith, ac anadlodd Pietro'n drwm, ei wyneb yn goch, wrth i Nad syllu tuag ato'n ddideimlad.

"Diolch am yr ymdrech," meddai. "O leia bod fan hyn yn lle da i orffwys, tan i'r llanw ddod mewn, o leia."

"Aros," meddai Pietro. Cododd ar ei draed yn llawn cyffro a gwibio i lawr y traeth. Roedd ei fag wedi llithro oddi ar ei gefn yn ystod ei gwymp o'r clogwyn, ac ambell lyfr mawr yn gorwedd o'i gwmpas, y tywod gwlyb wedi hanner

Wyddor y Pum Brenin
ᚦ᚜ᚷᚷ᚜ᛘ ᚼ ᚼᚾᛘᛘ ᛒᚱᛀᚾᚻ

Yn nyddiau'r Pum Brenin, Cyn Rhyfel y Duwiau,
roedd yr iaith ysgrifenedig rhwng Brym Hir
a Pharthenia yn edrych yn wahanol iawn i
sut mae hi'n edrych heddiw.

Dyma sut mae cyfieithu o'r hen Wyddor i
Wyddor gyffredin yr Ymerodraeth.

ᚠ	a	ᚦ	f	ᚱ	ll	◇	rh
ᛒ	b	ᚥ	ff	ᛘ	m	ᚤ	s
ᚴ	c	✕	g	✝	n	↑	t
ᚼ	ch	↓	ng	ᛈ	o	ᚒ	th
ᛉ	d	ᚻ	h	ᚻ	p	∩	u
◈	dd	∣	i	↓	ph	ᛈ	w
ᛗ	e	ᛚ	l	ᚱ	r	ᚤ	y

claddu rhai ohonynt, ac eraill wedi'u llyncu gan y môr yn gyfangwbl.

Ysgydwodd Pietro ei ben wrth godi'r llyfrau a'u gollwng yn ôl yn y bag.

"*Cwymp y Crwydryn* gan Miracian, yn dywod i gyd. Diar mi. *Hen Fwystfilod yr Ymerodraeth.* A chopi gwreiddiol! Na, na. Wnaiff hyn mo'r tro o gwbl. *Deddfau a Chyfreithiau'r Cymoedd Gwlyb* ... hm. Na. Geith hwnna aros. A! Dyma ni."

Rhywsut, daeth o hyd i'r botel yn llawn ffisig y famfadarchen o Goed y Seirff, a'r tywod bron yn ei llwyr orchuddio. Rhuthrodd yn ôl tuag at Nad. Cyn i'r consuriwr fedru dadlau, tywalltodd y ffisig i lawr ei gorn gwddw. Pesychodd Nad yn wyllt wrth i'r hylif saethu drwy ei gorff. Roedd fel petai Pietro wedi rhoi ei berfeddion ar dân.

Crafangodd yn erbyn ei wddw, yn brwydro i ddal ei wynt ... ac yna diflannodd y boen yn llwyr. Roedd o bron yn holliach eto.

"Ro'n i'n meddwl bod coginio Sara'n wael," meddai Nad wrth sefyll ar ei draed. Edrychodd o'i gwmpas a phwyntio tua phen arall y traeth, yng nghysgod y clogwyni. "Ond mae gwell siâp arnon ni na'r ddau yna."

Trodd Pietro a gweld bod dau o'r creaduriaid gwyrdd – y rhai a ymosododd arnyn nhw ar ben y clogwyn – yn gorwedd yn llonydd, un a'i ben yn y tywod, a'r llall yn syllu'n farwaidd tua'r cymylau.

"Be ydyn nhw?" gofynnodd Nad. Rhwbiodd Pietro ei ên yn feddylgar a chamu'n ofalus tuag atynt.

Yng nghanol y niwl, roedden nhw fel rhywbeth mewn hunllef. Yma, yng ngolau dydd, roedden nhw'n gymaint mwy real. A chymaint mwy dychrynllyd.

Roedd olwynion meddwl Pietro'n dal i chwyrlïo pan ddeffrôdd un o'r creaduriaid – yr un nesaf atyn nhw, a'i wyneb yn y tywod. Cododd yn herciog a llamu tuag at Nad a Pietro – ond yna daeth sŵn cracio o gorff y creadur. Disgynnodd yn ôl gan riddfan yn isel, ei freichiau a'i goesau yn stryffaglu wrth iddo drio codi ar ei draed, ond heb lwc.

"Mae o wedi torri ei gefn," meddai Pietro. Er holl erchylltra'r peth gwyrdd o'i flaen, roedd tinc o gydymdeimlad yn ei lais.

Gyda'i nerth olaf, edrychodd y creadur i fyny.

"Peidiwch â 'ngadael i fan hyn," meddai. Rhoddodd ei gorff un herc arall cyn stopio'n stond. Suddodd yn ddyfnach i mewn i'r tywod.

Cymerodd Pietro a Nad gam yn ôl ar yr un pryd. Y mynach oedd y cynta i agor ei geg.

"Ydi'r peth 'na newydd ...?"

"Siarad. Do. Erioed wedi gweld bwystfil yn gwneud

hynny o'r blaen. Dwi'n dysgu tipyn ar y daith 'ma, mae'n rhaid dweud."

Camodd Nad ar flaenau ei draed tuag at y creadur a phenlinio wrth ei ymyl wrth i Pietro roi gwich o brotest. Bodiodd Nad y lliain am ganol y creadur, a dod o hyd i ambell ddarn aur o deyrnas bell. Taflodd nhw o un llaw i'r llall cyn eu rhoi'n daclus yn ei boced.

"Be mae pob anturiaethwr ei angen," meddai, cyn mynd ymlaen i chwilio.

Daeth o hyd i ddarn bach o bapur, a'i rowlio'n diwb heb drafferthu ei astudio. Yna, agorodd ei lygaid led y pen wrth i'w law gau o amgylch potel wydr gron. Y tu mewn, roedd ychydig ddafnau o hylif clir, ac ambell lygedyn o olau yn dawnsio o'u cwmpas, a chorcyn yn dal popeth yn ei le.

"Ro'n i'n sychedig, digwydd bod," meddai Nad, a thywallt cynhwysion y botel i'w geg.

Syllodd Pietro yn gegrwth wrth i Nad ... newid.

Tyfodd ei gorff ac aeth ei ddillad yn fwy llachar byth, gan ei ffitio'n berffaith. Chwyddodd cyhyrau newydd drwy ei ddillad.

Heb iddo sylweddoli bod unrhyw beth yn digwydd, rhoddodd Nad ei ddwylo ar ei liniau. Daeth sŵn tagu gwlyb o gefn ei wddw.

"Dwi'n teimlo'n sâl," meddai, a gwagiodd gynhwysion ei stumog ar y traeth.

Ffion: *Ddim yn rhy wahanol i dy ddiodydd di, Orig.*

Orig: *Gwylia di. Fi wedi taflu pobl allan o'r dafarn am lai na hynny.*

Crebachodd ei gyhyrau, ei gorff yn dychwelyd i'w ffurf wreiddiol, wrth i'r tywod amsugno'r hylif.

Anadlodd Nad yn ddwfn.

"Be *ydi'r* stwff 'ma?"

Cipiodd Pietro y botel wag.

"Hud," meddai. "Hud wedi'i botelu."

"Do'n i'm yn gwybod bod rhywun yn *medru* potelu hud."

"Ychydig iawn sy'n gwneud. Mae'r broses yn eithriadol o ddrud. Eithriadol o beryglus. Ac eto, dyma botel o'r stwff, ar gorff ..."

"Drycha!"

O flaen eu llygaid roedd siapiau'r pethau gwyrdd yn newid – lliw eu crwyn yn goleuo, eu dannedd yn byrhau, creithiau a gwaed sych yn diflannu. O fewn ychydig eiliadau, nid creaduriaid rhyfedd oedd yn gorwedd o'u blaenau ond dau ddyn marw mewn arfwisgoedd lledr syml.

"Mae'n newid ffurf pethau," meddai Pietro. "Yr hud yma – mae'n amlwg wedi'i gysegru yn enw rhyw dduw sy'n arbenigo yn y math yna o beth."

Gwenodd, a dal y botel yn fuddugoliaethus o'i flaen.

"Dydi'r creaduriaid 'ma ddim yn bodoli wedi'r cwbl! Fi oedd yn iawn! Fi a fy llyfrau!"

Yn y cyfamser, roedd Nad wedi tynnu'r rholyn papur o'i boced ac yn craffu arno. Gwthiodd y papur at Pietro, golwg sur ar ei wyneb.

"Dydw i erioed wedi medru gwneud synnwyr o ysgrifen," meddai. "Mwy o hud? Swyn, neu felltith, neu ..."

Cymerodd Pietro un cip ar y papur cyn ei roi yn ei boced.

"Un gair sy 'ma," meddai wrth Nad. *Help.*"

HOE FACH YM MRYNIAU'R HAFN

Gwibiodd y ceffyl a'r cert yn eu blaenau yn frawychus o gyflym, a Bryniau'r Hafn yn chwipio heibio.

Canolbwyntiodd Casus ar y gyrru, a Heti a Sara'n rhoi eu holl sylw i'r creadur hunllefus oedd yn rhannu'r cert â nhw.

Roedd ei ergyd gyntaf â'r cleddyf wedi chwipio llai na modfedd o ben Heti, gan dorri ambell blethen o'i gwallt, ond suddodd y cleddyf yn ddwfn i ochr y cert. Wrth i'r creadur frwydro i'w dynnu allan, llwyddodd Heti i'w llusgo'i hun i'w thraed.

Anelodd Heti ergyd â'i phen yn erbyn gên y creadur. Disgynnodd hwnnw'n ôl yn erbyn ochr y cert, yn llusgo'r cleddyf allan ar yr un pryd, gydag ambell un o'i ddannedd yn hedfan dros yr ochr.

"Casus! Gwna rywbeth!" gwaeddodd Sara, yn cilio i ochr arall y cert. Mentrodd Casus olwg dros ei ysgwydd.

"Wyt *ti* isio gyrru?" meddai, a thynnu'r ffrwynau'n galed

er mwyn osgoi coeden yn ei ffordd.

Chwifiodd y creadur ei gleddyf o'i flaen wrth godi ar ei draed. Doedd Heti ddim yn medru dod yn agos ato. Cafodd ei gyrru'n ôl tua chefn y cert, yn dawnsio o un droed i'r llall yn ddigon urddasol, a chysidro ei maint.

Sgrialodd Sara yn ei blaen a suddo ei dannedd yn ddwfn i ffêr y creadur. Sgrechiodd ef mewn poen a gollwng ei gleddyf dros yr ochr.

Cymerodd Heti ei chyfle. Cododd y creadur ar ei hysgwyddau fel petai'n sach o flawd, a'i luchio oddi ar y cert. Cyn glanio a rowlio i lawr llethrau caregog y bryn agosaf, daeth un sgrech olaf o'i geg, sgrech oedd yn swnio'n rhyfeddol o debyg i'r gair ...

"Mam!"

Syllodd Sara y tu ôl iddi'n gegrwth wrth i Heti syrthio yn erbyn ochr y cert.

"Y creadur 'na," meddai Sara. "Fi'n siŵr ei fod e wedi ... siarad."

"Hurt bost," wfftiodd Casus. "Dydi pethau fel'na ddim yn siarad, siŵr. Gawsoch chi wared arno fo, 'ta? Da iawn chi."

"Dydw i ddim yn dychmygu pethau, Casus. Ar eneidiau fy rhieni, pwy bynnag ydyn nhw, fe wnaeth y peth 'na ..."

"Fy mag!" bloeddiodd Heti, yn torri ar ei thraws. Gafaelodd ym mlaen y cert a gweiddi yng nghlust Casus. "Mae'n *rhaid* i ni fynd yn ôl! Roedd *popeth* yn y bag 'na! Rholyn gwely, goleuwyr tân, blancedi – rhai gwlân a sidan ill dau. Clustogau, persawrau, potiau o gig wedi sychu, tebot fy hen hen nain – well i mi beidio colli hwnnw! Canhwyllau, darn o garped gefais i gan Is-ganghellor Swrania, fy nghasgliad o ysgrifbinnau – alla i ddim sgrifennu, ond mae'n braf eu cael nhw ..."

"Digon!" bloeddiodd Casus, a thynnu ffrwyn y ceffyl am yn ôl fel bod y creadur druan – a'r cert – yn dod i stop. Trodd i edrych dros ei ysgwydd, ei lygaid yn wenfflam. "Mae'r llwybr yn ein harwain ymlaen. At y Copa Coch. Awn ni ddim yn ôl, nac i unman arall."

Caeodd Sara ei cheg yn glep. Doedd dim llawer yn ei dychryn, ond roedd tymer annisgwyl Casus yn un ohonyn nhw.

"Os nad ydi'r ceffyl yn blino, fyddwn ni ger y mynydd yn llawer cyflymach na'r disgwyl. Erbyn heno, o bosib. A does gen i ddim llawer o awydd arafu. Dach chi'n gwybod be sy'n cuddio yn y tir gwyllt erbyn hyn. Dim byd da. Dwi ddim isio aros i'r pethau gwyrdd 'na ddal i fyny efo ni."

"Beth am Pietro a Nad?" mentrodd Sara. Ysgydwodd Casus ei ben.

"Mae'n bosib eu bod nhw wedi llwyddo i ddianc yn y niwl 'na. Ddim yn *am*hosib, o leia. Ac os ydyn nhw'n gall, mi fyddan nhw wedi cychwyn yn ôl am Borth y Seirff."

Yfodd o'i fflasg cyn mynd yn ei flaen.

"Cofio fi'n sôn am hen olion o dan y bryniau 'ma? Mae rhai'n dweud bod 'na ... *bethau* yn byw ynddyn nhw. Creaduriaid y tu hwnt i unrhyw hunllef."

Ffion: Plant Uran? Bwystfilod fel yr Horwth?

Orig: Yn sicr i ti. Ddwedais i bod 'na fwy ohonyn nhw i'w cael.

Ffion: Ar stepan drws y Copa Coch 'fyd. Alla i weld pam bod y lle 'ma mor boblogaidd.

"Mae rhai yn diflannu yn y bryniau 'ma. Yn cael eu llyncu gan y tir ... neu gan rywbeth arall. Fyddai'n well gen i beidio ymuno â nhw."

Eisteddodd Heti yn ôl i lawr. Ysgydwodd y cert unwaith eto.

"Soniaist ti am y lladron yn y coed," meddai, "ac am y pethau gwyrdd 'na'n dod o'r môr. Wnest ti ddim meddwl sôn am y bwystfilod o dan y bryniau?"

"Naddo," atebodd Casus. "Do'n i ddim isio'ch dychryn chi."

Aeth ias drwy Sara. Trodd Casus yn ôl tua'r gogledd, a gyrru'r ceffyl ymlaen unwaith eto – yn araf i ddechrau, ac yna'n gyflymach ac yn gyflymach.

"Gadewch bopeth i fi," meddai dros ei ysgwydd, "a fyddwch chi yn ôl ym Mhorth y Seirff, yn eich gwlâu cyfforddus, cyn i chi droi rownd. Ond daliwch yn dynn i'r cert. Mae 'na lwybr anwastad o'n blaenau ni."

Arhosodd Sara ar ei thraed, ei chorff yn neidio gyda phob ysgytwad o'r cerbyd. Er holl eiriau ysbrydoledig Casus, roedd ei meddwl hi ymhell o Borth y Seirff. Wrth i'r niwl glirio, aeth ei sylw hi'n llwyr ar y Copa Coch, a hwnnw'n tyfu'n fwy ac yn fwy o'i blaen.

GLAW O GREIGIAU

Am filltiroedd ar hyd yr arfordir, doedd dim byd i'w weld ond môr cythryblus a chlogwyni serth.

Dringo amdani, felly.

I rai fel Pietro a Nad, heb offer dringo, nac unrhyw brofiad o wneud, roedd y daith yn llafurus ac yn boenus o araf.

Er mwyn cadw'i feddwl yn brysur, parablodd Pietro, fel arfer. Siaradai am y sgrôl y daethon nhw o hyd iddi ar gorff y creadur – neu'r *dyn*, yn hytrach – ar y traeth. Yr un gair arni. *Help*.

Ai'r creadur-ddynion oedd wedi ysgrifennu'r neges? Oedd rhywun wedi gofyn iddyn nhw am gymorth, ynteu neges i rywun cwbl wahanol oedd ar y sgrôl, a'u hymosodwyr wedi llwyddo i'w chipio?

Wedi meddwl, on'd oedd Sara ddim wedi sôn rhywbeth am Casus yn defnyddio gwylan i yrru neges, y noson 'na yng Nghoed y Seirff? Digon hawdd i'r creadur-ddynion saethu'r wylan i'r llawr, cael gafael ar y neges, a ...

PENRHYN ENOC

"Os ti ddim yn meindio," meddai Nad, "dwi'n trio peidio lladd fy hun fan hyn, a dydi dy glebran di ddim yn helpu."

Roedden nhw hanner ffordd i fyny'r clogwyn, yn rhy agos at y brig i droi'n ôl, ond gyda chryn dipyn o'r daith eto o'u blaenau.

"Mae'n ddrwg gen i," meddai Pietro. "Dwi erioed wedi medru gwneud y math yma o beth. A dyma'r *unig* fath o beth roedd gofyn i mi wneud yn blentyn. Dringo, ymladd, ymarfer corff ... da 'di tyfu fyny ym Mharthenia."

Ffion: Parthenia? Mae hynny dafliad carreg o 'nghartre i. Lle ... ym ...

Orig: Uffern ar y ddaear. Mae bechgyn Parthenia un ai'n ymuno â'r fyddin, ymladd yn yr arena ... neu'n cael eu taflu i'r naill ochr. Ac mae pethau hyd yn oed yn waeth i'r merched.

Ffion: Ro'n i'n trio bod yn gwrtais, ond ... ia, dydi Pietro ddim yn fy nharo i fel rhywun o Barthenia.

Orig: Nid ti ydi'r cynta i ddweud hynny, coelia di fi.

"Dwyt ti ddim yn fy nharo i fel rhywun o Barthenia," meddai Nad, yn llusgo ei hun i fyny'r clogwyn, un fodfedd ar y tro.

"Diolch byth bod fy nhad yn weddol gefnog," chwarddodd Pietro. "Yrrodd o negeseuwyr i bedwar ban byd, at fynaich a meddygon a dewiniaid, yn defnyddio ei holl egni a'i adnoddau er mwyn fy achub rhag y lle. Yn y man, daeth un hen ddyn o Borth y Seirff i'r adwy. Roedd o'n fodlon fy nghymryd i. Oni bai amdano fo ... fyddwn i ddim yma."

"Trueni nad ydi o'n medru dy weld di rŵan," meddai Nad. Rhoddodd ebychiad wrth estyn i fyny am y graig nesaf. "Be wnawn ni ar ôl cyrraedd y top, beth bynnag? *Os* cyrhaeddwn ni'r top?"

"Dod o hyd i'r lleill. Ac os nad ydyn nhw yno ... yr Horwth."

"Ni'n dau ... yn erbyn yr Horwth?"

"Pam lai? 'Dan ni'n dau'n ddewiniaid ... o fath. Dwi'n medru iacháu, ti'n medru ... ym ..."

"Taflu goleuadau o 'nwylo. Ddim yn dda iawn, chwaith."

Estynnodd Nad am y graig nesaf uwch ei ben.

"Dwi'n siŵr bod y creadur 'na'n crynu yn ei ..."

"Nad!"

Edrychodd y consuriwr i fyny i weld cawod o gerrig mân – a chreigiau mwy – yn gwibio tuag ato, a chamau'r ddau wrth ddringo wedi'u hysgwyd yn rhydd. Hyrddiodd ei hun i un ochr, ei ddwylo a'i draed yn brwydro i ddal gafael ar y clogwyn. Gallai deimlo'r croen yn cael ei dynnu o gledrau'i ddwylo. Dechreuodd sgrechian wrth i'r llawr ruthro tuag ato ...

Ac yna daeth Pietro i'r adwy. Taflodd ei fraich allan, dal Nad, a'i daflu ychydig lathenni tuag at agoriad yn ochr y clogwyn. Glaniodd Nad ar ei liniau gyda chlec, a brysiodd Pietro i ymuno ag o cyn i fwy o greigiau ddod i lawr ar ei ben.

Wrth i'r ddau fentro'n bellach i mewn i'r agoriad, tynnodd Pietro weddill y ffisig o'i felt a'i wthio i lawr corn gwddw Nad unwaith eto. Mwmiodd weddi fach i'r dduwies Dohi, a diflannodd y briwiau o gledrau'r consuriwr. Safodd ar ei draed, ei liniau'n dechrau gwella hefyd.

Daliodd y creigiau i syrthio tu allan, yn tasgu i lawr y clogwyn ... ac i mewn i'r agoriad, gan lenwi ceg yr ogof.

Daeth y tirlithriad i ben yn y man, a safodd y ddau'n fud yn yr hanner tywyllwch.

"Dydw i *ddim* yn gwneud hynny eto," meddai Nad.

"Fedrwn ni ddim symud y creigiau 'na beth bynnag," atebodd Pietro, yn edrych o'i gwmpas yn orffwyll. Yna, sylwodd ar rywbeth yn disgleirio yn y tywyllwch, ymhell tu ôl iddo. "Ymlaen amdani, 'lly."

Edrychodd Nad i ddyfnder yr ogof. Roedd rhywbeth yno, yn wir. Golau gwyrdd, gwannaidd, yn y pellter.

"Ty'd," meddai Pietro, a chychwyn am y golau.

Edrychodd Nad rhwng yr agoriad a'r golau gwyrdd. Roedd y ddau ddewis mor ddrwg â'i gilydd.

"Diolch am ofyn fy marn i," meddai. "Dwi'n gwerthfawrogi'r peth."

Mentrodd i mewn i'r tywyllwch o dan y bryniau.

MWYDYN Y TWNNEL

Gwthiodd Pietro yn ddyfnach ac yn ddyfnach o dan y bryniau, a Nad yn dilyn yn anhapus y tu ôl iddo. Roedd yn dwnnel yn hytrach nag ogof mewn gwirionedd, yn anelu fel saeth tua'r gogledd-ddwyrain.

Ac o'u blaenau roedd y golau bach gwyrdd yn dod yn fwy ac yn fwy llachar wrth iddyn nhw agosáu.

Cerddodd Pietro'r llathenni olaf ar flaenau ei draed. Ar y wal o'i flaen roedd madarchen fach, ddim yn llawer mwy na'i fawd, a golau gwyrdd yn pelydru ohoni ac yn goleuo'r twnnel o'i hamgylch, yn rhoi naws afreal i'r lle.

Roedd pen y fadarchen wedi'i anelu at y llawr. Symudodd y mynach ifanc yn ofalus o'i chwmpas, er mwyn ei hastudio ... ac yna clywodd sŵn sgrialu yn erbyn creigiau'r llawr ... a hisian isel, bygythiol.

Edrychodd Pietro i'r union gyfeiriad roedd y fadarchen yn ei wynebu – a gweld mwydyn bach yn syllu tuag ato.

Neu ... roedd e'n *meddwl* mai ato fe roedd e'n syllu. Doedd hi ddim yn hawdd bod yn siŵr, gan fod degau o lygaid yn gorchuddio corff y creadur, o'i ben gwyn, seimllyd, i'w gynffon fach lwyd. Yng nghanol ei 'wyneb' roedd ceg yn llawn cylch o ddannedd gwynion, pob un fel nodwydd fach.

Ffion: *Ych! Ych! Na. Dwi'm yn hoff o'r creadur yma. O gwbl.*
Orig: *Fyddi di ddim wrth dy fodd gyda gweddill y stori, felly …*

Rhoddodd y mwydyn un hisiad arall cyn defnyddio'i ddannedd i dyrchu drwy'r llawr caregog yn frawychus o gyflym, a chynffon fach o garthion yn saethu o'i ben-ôl wrth iddo wneud. O dan lle roedd o wedi bod yn gorwedd, eisteddai pentwr o wyau crynion, a llysnafedd yn diferu oddi arnyn nhw.

Plygodd Nad i'w hastudio, wedi iddo wneud yn sicr bod y creadur wedi mynd.

"Wyau," meddai. "Druan o'r pethau bach. Elli di ddychmygu cael dy fagu gan fam fel'na?"

Roedd Pietro yn syllu i gyfeiriad arall – ar y fadarchen ar y wal, oedd bellach wedi troi tuag atyn nhw.

"Nad," meddai, "arhosa'n llonydd."

Ufuddhaodd y consuriwr. Yn araf ac yn gyson, diffoddodd golau'r fadarchen, gan adael y ddau mewn tywyllwch.

Rowliodd Pietro i un ochr, a daeth y fadarchen yn fyw

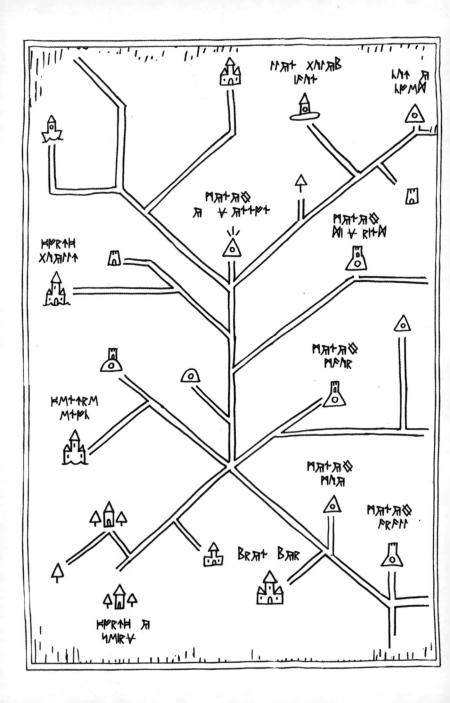

unwaith eto, y pen yn troi tuag ato. Gwaeddodd mewn llawenydd a thynnu'r fadarchen oddi ar y wal.

"Mae'n ymateb i'n symudiadau ni!" meddai. "Cyn belled â'n bod ni'n dal i symud, bydd gennym ni olau yn y twneli 'ma."

"Golau," atebodd Nad yn wawdlyd "Gwych. Bwyd, diod a gwlâu, a fydd hi fel petaen ni'n dal ym Mhorth y Seirff."

Gwthiodd y ddau yn eu blaenau, gyda Pietro yn parablu ac yn gwneud ei orau i ddysgu am gefndir Nad. Doedd y consuriwr ddim am ddatgelu unrhyw beth y tro yma – am Chasga Greulon na marwolaeth ei deulu. Roedd e'n synnu ei fod wedi sôn amdanyn nhw wrth Sara o gwbl. Ond roedd ganddi hi'r ddawn ryfedd o gael pobl i ddatgelu eu cyfrinachau. Doedd gan Pietro ... ddim.

A beth bynnag, roedd sôn am y fath bethau dafliad carreg o Borth y Seirff yn un peth. Roedd gwneud fan hyn, yn y tywyllwch o dan y ddaear, yn beth cwbl wahanol.

Roedd golau'r fadarchen wedi pylu. Cyn i Nad fedru cwyno, fflachiodd un arall yn fyw o'u blaenau nhw. Rhuthrodd y ddau tuag ati a'i rhwygo o'r wal. Aeth y daith yn ei blaen.

Cyn bo hir, daeth y graig arw o dan eu traed yn llyfnach, a'r twnnel yn ehangach. Roedd y llawr wedi'i orchuddio â theils o wenithfaen, gydag ambell batshyn mawr o bridd yn torri'r patrwm. Roedd y waliau wedi'u gorchuddio â mwy o deils, rhai wedi'u lliwio'n ddu a gwyn, gyda haen ar ben haen o bridd y canrifoedd dros y cyfan.

"Nid twnnel naturiol ydi hwn," meddai Nad, yn edrych o'i gwmpas. "*Pobl* wnaeth y lle 'ma."

Nodiodd Pietro.

"Mae 'na sôn yn yr hen lyfrau," meddai, "am deyrnas lle mae'r Teyrnasoedd Brith erbyn hyn. Hen, *hen*, deyrnas, oedd yma cyn i'r Rhegeniaid ddod o'r gogledd, cyn y rhyfel rhwng y duwiau, a chwymp Uran. Teyrnas oedd yn berchen ar wybodaeth a thechnoleg ymhell o'n blaenau ni. Maen nhw'n dweud ei bod hi wedi ... diflannu. Ei thechnoleg wedi cael y gorau arni."

"A phobl y deyrnas yna adeiladodd y twneli 'ma?"

"Ti'n gwybod cymaint â fi, Nad."

Aeth y ddau yn eu blaenau am ychydig eto, y twnnel yn chwyddo'n fwy fyth. I'r naill ochr ohono roedd dau lwyfan uchel, a thwneli eraill yn arwain ohonyn nhw. Roedd eu toeau wedi hen ddisgyn, a mentro drwyddyn nhw'n amhosib.

Doedd dim mwy o fadarch yma, heblaw am yr un fach yng ngafael Pietro. Gyda chymorth ei gilydd, dringodd y ddau ar un o'r llwyfannau er mwyn i Pietro gael golwg well ar y twneli newydd. Ond rhywbeth arall ddaliodd ei sylw.

Roedd ysgrifen wedi ei naddu yn y waliau. Mynnodd

Pietro mai dyna be oedd o, beth bynnag. Doedd Nad ddim yn medru darllen *unrhyw* ysgrifen, heb sôn am iaith ddiarth, ganrifoedd oed.

Pwyntiodd Pietro yn gynhyrfus at un gair, uwchben y gweddill, a saeth wrth ei ymyl yn anelu at y gogledd-ddwyrain.

"Y gair yna," meddai Pietro. "Mae 'na rai tebyg i'w gweld mewn enwau llefydd ar hyd y Teyrnasoedd Brith. Mynyddoedd ydi pob un ohonyn nhw. Mae'n siŵr gen i mai 'mynydd' ydi ystyr hwn, felly. A'r saeth yn golygu ..."

"Ffor'ma i'r Copa Coch," meddai Nad. "Dal i fynd am ddeuddydd arall, a dylien ni fod yn ..."

Gwywodd y fadarchen yn llaw Pietro, a diffoddodd y golau.

" ... iawn."

Doedd dim byd ond tywyllwch o'u cwmpas, heblaw am un llygedyn bach o olau gwyrdd ymhell i fyny'r twnnel.

"Madarch!" meddai Nad, yn llawn cyffro. Dechreuodd redeg tua'r golau, gan adael Pietro ar ôl. "Ty'd, mae'r tywyllwch 'ma'n codi ofn arna i."

Dechreuodd Pietro frasgamu ar ei ôl, a theimlad annifyr yn cronni yn ei frest. Roedd y madarch yn ymateb i symudiad. Os felly ... beth oedd yn symud yn y twnnel o'u blaenau? Un arall o'r mwydod bach, efallai? Ynteu ... rhywbeth arall?

"Nid y tywyllwch sy'n beryg," meddai Pietro wrtho'i hun, "ond be sy'n cuddio ynddo fo."

Sgrialodd Nad i stop ger y golau. Rhwygodd y fadarchen o'r llawr a'i dal o'i flaen. Yno, roedd ychydig o bridd y twnnel wedi dymchwel gan greu pydew, a golau gwyrdd yn tywynnu ohono. Ac ynddo ...

Daeth cyfog i geg Nad wrth iddo syllu dros y dibyn. Yno roedd mwy o'r mwydod, dwsin neu fwy ohonyn nhw, yn troi ac yn trosi dros ei gilydd mewn nyth hunllefus, a'u llysnafedd yn tasgu i bobman.

Ac roedden nhw'n fwy na'r mwydyn bach ym mhen y twnnel. Yn llawer mwy. Bron mor fawr â'r Horwth ei hun.

Trodd un ei ben tuag at yr agoriad i'r nyth, a chychwyn llithro'n bwyllog i fyny waliau gludiog y pydew. Camodd Nad yn ôl a tharo i mewn i Pietro y tu ôl iddo. Heb feddwl, gwthiodd Nad y fadarchen i ddwylo'r mynach.

O'r cryndod yng ngwefus isaf Nad, roedd hi'n amlwg bod rhywbeth mawr o'i le.

"Mae 'na rywbeth i lawr yna, yn does?" gofynnodd Pietro. Nodiodd Nad wrth i'r tir grynu o dan eu traed. Neidiodd y ddau o'r ffordd wrth i'r mwydyn ffrwydro drwy'r pridd. Glaniodd ar ei fol, cyn codi uwch eu pennau ac agor ei geg yn llydan. Dechreuodd hisian, y sŵn yn atseinio ymhell i lawr y twnnel ac yn erbyn y waliau, ei geg yn llawn dannedd fel cleddyfau, a'r llygaid dros ei gorff yn syllu'n wyllt i bob cyfeiriad.

Ar y llawr, syllodd Pietro a Nad i fyny, eu cegau hwythau ar agor.

Am unwaith, doedd gan Nad ddim byd i'w ddweud.

ADENYDD BACH
A MAWR

Syllodd Casus tua'r gorwel. Roedd yn gwneud ei orau i ganolbwyntio ar y dasg o'i flaen – y Copa Coch, yn codi ymhell uwchben y bryniau – ac anwybyddu Sara a Heti'n cecru yng nghefn y cert.

Ar ôl llwyddo i gadw'n dawel am gyfnod, roedd Heti wrthi'n cwyno eto, wedi cofio am fwy o bethau roedd hi wedi eu gadael ar ôl yn ei bag.

" ... fy nhelyn fach haearn! Gefais i honno gan grŵp o Diroedd y Rhegeniaid, yn ddiolch am gludo eu holl offer i mewn ac allan o'r clwb. Welsoch chi erioed gymaint o greiriau trwm, na chlywed cymaint o sŵn aflafar. A'r medalau ges i gan yr Arch-ddug Aden am rwystro'r tân yn y Warws Isaf rhag lledu drwy'r ddinas ... o! A'r pecyn 'na o sigârs gefais i gan yr Arch-ddug Caia am ddelio 'da'r Giang Goch ..."

"Mae dy fywyd di ym Mhorth y Seirff yn swnio'n

hunllefus," meddai Sara. "Fi'n synnu dy fod ti'n mynnu mynd yn ôl."

Eisteddodd Heti'n swrth am gyfnod, cyn codi ei hysgwyddau.

"Roedd y gwaith yn anodd. Ond y tu hwnt i hynny, roedd e'n ... hawdd. Fi a fy nghwt bach ger y dŵr. Carped trwchus o flew isfleiddiaid dan fy nhraed ..."

"Ych a fi," meddai Sara.

" ... gyda gwydraid o wirod du yn fy llaw, crawcian gwylanod a fforysiaid tu fas ... a neb fy angen i. Roedd e'n braf, tra parodd e."

Pwysodd Sara yn ôl yn erbyn ochr y cert, yn malio dim am yr ysgwyd mawr oddi tani.

"Do'n i erioed yn teimlo'n gartrefol yno," meddai. "Erioed yn deall pam bod pawb yno'n mynnu cau eu hunain mewn cytiau bach uwchben y dŵr, gyda Choed y Seirff wrth eu hymyl nhw, y boncyffion anferthol 'na'n ymestyn tua'r cymylau. Fydden i'n medru treulio fy holl fywyd yn dod i nabod *un* ohonyn nhw. A'r tu hwnt i'r goedwig ..."

Cododd Sara ei dwylo tua'r awyr.

"Y tir gwyllt. Faint o anturiaethau sy i'w cael ym mhob twll a chornel?"

Chwarddodd Heti'n hallt.

"Sut hwyl ti'n ei gael hyd yn hyn?" gofynnodd hithau.

Cynnwys Bag Teithio Heti

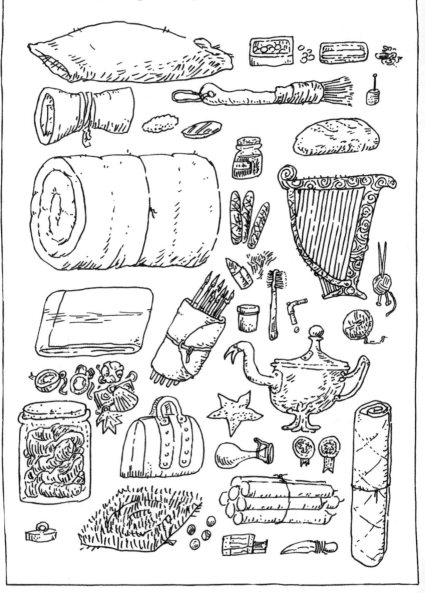

Caeodd Sara ei cheg yn glep.

Sgrialodd Casus drwy agoriad cul rhwng bryniau, y cert bron â throi drosodd yn y broses. Yn rhegi o dan ei wynt, llwyddodd i dynnu'r cert yn ôl ar bedair olwyn, a'r ceffyl yn gweryru mewn protest.

Edrychodd dros ei ysgwydd.

"Mae gyrru'r peth 'ma'n anoddach nag y mae'n edrych," meddai. "Os gallwch chi dawelu am eiliad, ella medra i osgoi gyrru'r cert yn syth i mewn i ..."

Daeth sgrech oeraidd o'r awyr. Rhegodd Casus – yn uwch y tro yma – a thynnu'n galed ar y ffrwynau. Daeth y ceffyl i stop yng nghysgod bryn caregog wrth i ffurf dywyll yr Horwth dorri drwy'r cymylau.

Gweryrodd y ceffyl eto. Uwch eu pennau, trodd yr Horwth ei ben a hedfan yn araf ac yn droellog, i lawr tuag atyn nhw.

"Mae o wedi'n gweld ni!" meddai Sara.

"Wrth gwrs ei fod o," atebodd Casus. "Ry'n ni ar ei dir o bellach."

Llamodd Casus oddi ar ei geffyl a thynnu Sara oddi ar y cert wrth i Heti guddio o dan glwstwr o greigiau ger troed y bryn. Llithrodd Casus a Sara i ymuno â hi, a thynnodd Casus ei fwa o'i gefn unwaith eto.

Cysgododd y tri, a'r creigiau'n eu cuddio, wrth i'r Horwth

lanio ar gopa'r bryn y tu ôl iddyn nhw. Dechreuodd y bwystfil arogli'r tir o dan ei draed, a throedio'n araf tuag atynt. Doedd o ddim yn medru eu gweld, ond yn sicr yn medru synhwyro ... rhywbeth.

Edrychodd Sara a Heti at Casus, yn disgwyl iddo ddatrys y broblem. Ysgydwodd yntau ei ben. Chwipiodd y fflasg oddi ar ei felt a chymryd dracht cyflym cyn ei gosod ar graig wrth ei ymyl.

"Sgen i ddim syniadau," meddai, ac anwesu ei fwa croes, gan ei ddal yn erbyn ei frest. "Heblaw am un."

"Un ergyd," sibrydodd Heti. "Dyna i gyd sydd angen. Wedyn gawn ni fynd gartre."

"Arhoswch," meddai Sara rhwng ei dannedd. Roedd ambell aderyn bach yng nghysgod craig arall wrth eu hymyl yn rhwygo chwyn o'r tir. A'u sylw'n llwyr ar eu gwaith, doedden nhw ddim wedi gweld y creadur enfawr yn stelcian i lawr llethrau'r bryn y tu ôl iddyn nhw. Llusgodd Sara ei bysedd drwy'r baw a gafael mewn carreg, gan ei chodi uwch ei phen gydag anadl ddofn.

Ffion: *Na! Fyddai Sara ddim yn brifo unrhyw beth byw!*

Orig: *Ti'n berffaith iawn. Doedd hi ddim yn bwriadu eu taro nhw. Dim ond eu dychryn nhw, fel eu bod nhw'n hedfan i'r awyr a thynnu sylw'r Horwth.*

Ffion: *O. Syniad da.*

Glaniodd y garreg yn ddiniwed yng nghanol yr adar. Edrychodd un arni'n syn cyn mynd ymlaen i fwydo ar y chwyn.

Ffion: *Neu ddim.*

Rhegodd Sara o dan ei gwynt. Roedd angen rhywbeth mwy arni ...

"Un ergyd," meddai Heti eto wrth i Casus godi'r bwa at ei ysgwydd. "Dyna'r oll."

"Un ..." meddai Casus, "neu ddwy ..."

Heb feddwl, gafaelodd Sara yn fflasg Casus a'i thaflu tuag at yr adar.

"Mae'n ddrwg gen i," meddai Sara wrth i'r fflasg droelli drwy'r awyr. "Hedfanwch yn ddiogel."

Chwalodd y fflasg yn erbyn y llawr, gan yrru'r adar yn crawcian mewn un cwmwl du, heibio i ffroenau'r Horwth. Sgrechiodd y bwystfil a llamu tuag atyn nhw. Hedfanodd yr adar i'r pedwar gwynt wrth i'r Horwth droi tua'r Copa Coch, wedi penderfynu nad oedden nhw'n fygythiad iddo.

Caeodd Casus ei lygaid yn dynn. A'i ddwylo'n ysgwyd, rhoddodd ei fwa yn ôl ar ei gefn. Dringodd ar ei geffyl heb air. Llwyddodd Sara a Heti i neidio i mewn i'r cert wrth i'r ceffyl garlamu tua'r gogledd unwaith eto.

"Ro'n i mor agos at saethu," meddai Casus wrtho'i hun o'r diwedd. "Mor agos."

Chlywodd Sara mohono. Roedd hi'n syllu at weddillion fflasg Casus, a'r stêm yn codi o'r hylif clir a dywalltodd ohoni.

Oedd hi'n gweld pethau, ynteu oedd y chwyn yn *newid* o'i chwmpas, yn troelli ac yn tywyllu wrth iddyn nhw dyfu'n rhyfeddol o gyflym, gan ymestyn tua'r creigiau uwch eu pennau?

Sgrialodd y cert ar hyd y llwybr, heibio i fryn arall, ac aeth y fflasg o'i golwg.

GWELD Y GOLAU

Rhoddodd y mwydyn un hisiad hir a llamu yn ei flaen. Neidiodd Pietro o'r ffordd mewn pryd i weld pen y creadur yn diflannu i mewn i'r tir, a'r creigiau mân yn neidio i bob cyfeiriad wrth i don o faw saethu allan y tu ôl iddo. Diflannodd y creadur o dan yr wyneb, gan adael Pietro a Nad ar eu pennau eu hunain.

Anadlodd Nad yn ddwfn.

"Os ydi'r peth 'na'n medru tyllu drwy graig," meddai, "be wneith o i *ni*? Mae'n rhaid i ni ddianc, Pietro."

"I ble?" atebodd y mynach.

Chafodd Nad ddim cyfle i ateb. Ffrwydrodd y mwydyn i fyny drwy lawr y twnnel. Hedfanodd yn osgeiddig drwy'r awyr i gyfeiriad Pietro. Disgynnodd yntau yn erbyn y llawr, allan o afael y bwystfil, a'r fadarchen yn sgrialu ar hyd y graig tuag at draed Nad wrth i'r mwydyn dyllu drwy'r tir unwaith eto.

Cododd y consuriwr y fadarchen a'i chwifio o flaen ei

wyneb, yn gwneud ei orau i gael cipolwg ar y creadur cyn iddo ffrwydro tuag atyn nhw am y trydydd tro.

"Pam ei fod o'n mynd ar dy ôl *di*?" gofynnodd Nad. "Fi sy'n cael y math yna o lwc fel arfer."

Llamodd y mwydyn i fyny o flaen Nad. Llwyddodd y consuriwr i gamu i un ochr mewn pryd i weld darn o'i drowsus amryliw yn cael ei rwygo'n ddarnau mân gan res o ddannedd. Glaniodd y mwydyn ar ei ochr, yn llenwi'r twnnel. Chwipiodd ei ben tuag at Nad – ac at y fadarchen werdd yn ei law.

Disgynnodd geg Pietro ar agor wrth i'r mwydyn wthio yn ei flaen ar ei fol.

"Nad!" cyfarthodd tuag ato. "Y golau! Rŵan!"

Mewn eiliad, taflodd Nad y fadarchen tuag ato. Llwyddodd Pietro i'w dal gyda'i un llaw. Trodd y mwydyn tuag ato, ei lygaid yn agor led y pen.

"Mae'n ymateb i'r golau!" gwaeddodd Pietro'n fuddugoliaethus. "Dyna be mae o ei angen, yn fwy na dim!"

"Falch o glywed," meddai Nad, wrth i'r mwydyn lithro yn ei flaen. "Gawn ni sgwennu'r peth mewn llyfr. Geith holl fynaich ac ysgolheigion yr Uchelgaer drafod y peth uwchben platiaid o ddanteithion gorau'r Goedwig Felys. Be yn enw'r Olaf 'dan ni'n mynd i'w *wneud*?"

"Hyn," meddai Pietro, cyn taflu'r fadarchen yn ôl i gyfeiriad Nad.

Llwyddodd Nad i'w dal – yn erbyn ei ewyllys, braidd – a throdd y mwydyn yn ôl tuag ato wrth i Pietro ddiflannu y tu ôl i'w gynffon.

"Ti'n rhedeg i ffwrdd?" gwaeddodd Nad yn orffwyll, heb feddwl am ollwng y fadarchen a gwneud yr un peth ei hun. "Ro'n i'n meddwl ein bod ni'n ffrindiau, Pietro! Ddylswn i wbod yn well!"

Rhedodd Nad i'r cyfeiriad arall – ond roedd un arall o'r mwydod wedi dringo allan o'r pydew. Dechreuodd ei geg agor a chau, a disgynnodd Nad ar ei liniau, ei holl egni'n ei adael. Cofiodd am y frwydr yn erbyn y creadur-ddynion ar ben y clogwyn, a pha mor agos y daeth o at golli ei fywyd.

"Mae hon *yn* ffordd waeth o farw," meddai'n isel. "Pwy 'sa'n meddwl?"

Daeth llais o'r tu ôl iddo.

"Nad! Y golau! Brysia!"

Trodd Nad i weld Pietro – Pietro wallgo – yn eistedd ar ben y mwydyn, gydag un o lygaid y creadur yn sbecian i fyny'n syn rhwng ei goesau.

"Does dim rhaid i ti ofyn ddwywaith," meddai Nad, a thaflu'r fadarchen tuag ato. "Sut yn y byd llwyddaist ti i ddringo ar y peth 'na efo un llaw?"

Pwysodd Pietro y fadarchen yn erbyn y llygad oddi tano. Hisiodd y mwydyn yn uwch nag erioed a llamu yn ei flaen.

Llwyddodd Nad i afael yn un arall o'r llygaid ar ei ochr wrth i'r creadur blymio drwy'r ddaear unwaith eto, o dan y mwydyn arall. Gwthiodd Nad ei hun yn fflat yn erbyn y corff mawr gwelw wrth i bridd a chreigiau chwipio heibio iddo.

Daeth y mwydyn i fyny a phlymio i lawr eto, yn defnyddio'r patshys o bridd meddal er mwyn lawnsio'i hun i'r awyr. Meddyliodd Nad wrtho'i hun bod y creadur fel pysgodyn hedegog yn plymio drwy'r tonnau, cyn penderfynu bod pethau gwell i'w gwneud na hel atgofion am ei ddyddiau ar y môr. Gwthiodd ei hun yn erbyn corff y mwydyn er mwyn osgoi cael ei wasgu'n bast gan bridd y twnnel, a llwyddodd i ddringo ar ben y bwystfil a sodro'i hun wrth ymyl Pietro.

"Ffor'ma i'r mynydd," meddai Pietro rhwng ei ddannedd. "Fyddwn ni yno cyn pen dim!"

Diflannodd y mwydyn o dan lawr y twnnel eto, a gwthio'i hun yn ôl i fyny.

"Dwi'n dy gasáu di," atebodd Nad. "Dy gasáu di, dy gasáu di, dy gasáu di."

Y tu ôl i'r mwydyn, llithrodd mwy o'i frodyr a'i chwiorydd allan o'u tyllau eu hunain, wedi'u denu gan y golau newydd uwch eu pennau. Roedd 'na ddegau ohonyn nhw yn gwibio drwy'r twnnel ar unwaith, oll ar ôl yr un peth. Y fadarchen ... a phwy bynnag oedd yn ei dal.

Roedd yr holl beth yn ormod i'r twnnel allu ei gynnal. Gwthiodd y mwydod yn erbyn eu hunain, ac yn erbyn y waliau. Daeth y to i lawr ar ben ambell un anlwcus, ac – am y tro cynta mewn canrifoedd – llifodd golau dydd i mewn. Hisiodd y mwydod yn y cefn mewn llawenydd gwallgo wrth ddringo i fyny'r llethr newydd o bridd a theils ac allan o'r twneli. I Fryniau'r Hafn.

Ffion: *Ond ... dyna lle oedd Sara, Heti a Casus.*
Orig: *Un craff wyt ti.*

Mentrodd Nad gip dros ei ysgwydd. Am eiliad yn unig gwelodd olau dydd, a gweddill y mwydod yn heidio allan. Yna diflannodd ei fwydyn yntau o dan y ddaear, gan ganolbwyntio'n llwyr ar olau'r fadarchen o'i flaen. Gwibiodd yn ddiwyro drwy'r twnnel, tua'r Copa Coch.

TONNAU AR Y TIR

Pwysodd Sara ar flaen y cert, yn edrych ar garnau'r ceffyl yn taranu dros y tir. Rhywle, ymhell y tu ôl iddi, roedd gweddillion fflasg Casus yn gorwedd yn ddarnau mân ymysg y bryniau, a'r haul yn amsugno'r hylif yn farus.

Gobeithiodd Sara na fyddai Casus yn sylwi ar ei golled am filltiroedd eto. Pe bai angen, gallai hi argymell sawl lle ym Mhorth y Seirff ble y medrai gael gafael ar fodca da, neu sudd pigog, neu beth bynnag oedd yn y fflasg 'na.

Roedd Heti yn canolbwyntio'n syth o'i blaen. O gwmpas y Copa Coch, yn codi uwch eu pennau, roedd mwg du'r Horwth.

Roedd hi *mor* bell o'i chartre.

Doedd y llwybr rhwng y llethrau ddim mor esmwyth yn y rhan yma o'r bryniau. Erbyn hyn, roedden nhw'n gwibio dros greigiau mawr a moel, pob ergyd yn gyrru ysgytwad ffyrnig drwy gyrff y teithwyr. Daeth yr ergydion yn gryfach ac yn gryfach, yn bygwth taflu Sara a Heti oddi ar y cert, a

Casus oddi ar ei geffyl.

Erbyn i Casus sylweddoli nad y lonydd anwastad oedd yr unig reswm am yr ysgwyd, roedd hi'n rhy hwyr. Daeth sŵn cracio aruthrol o'r tu ôl iddyn nhw wrth i'r tir agor. Saethodd siapiau gwyn allan o holltau newydd ym Mryniau'r Hafn, yn hwylio drwy'r awyr yn urddasol ar don o fwd a cherrig mân, cyn plymio'n ôl i mewn i'r tir. I mewn ac allan, i mewn ac allan, yn symud yn agosach ac yn agosach atyn nhw.

"Beth yn y —" cychwynnodd Heti, yn gafael yn gadarn yn ochr y cert. Cuddiodd Sara y tu ôl iddi'n reddfol. Mentrodd Casus gip sydyn dros ei ysgwydd cyn gyrru'r ceffyl ymlaen. Ysgydwodd ei ben, ei ên yn caledu.

"Mae'r straeon yn wir," meddai wrtho'i hun. "Pam bod y straeon *wastad* yn wir?"

Lledodd llygaid Sara. Cyn iddi allu rhyfeddu ar y creaduriaid newydd oedd bellach yn heidio o'i chwmpas, dechreuodd y tir lithro o dan olwynion y cert a charnau'r ceffyl. Roedd y bryniau – oedd wedi eistedd yno'n dawel am filoedd o flynyddoedd – yn syrthio. Eu seiliau'n cael eu rhwygo ymaith gan y mwydod, ac yn cwympo i lenwi'r tyllau newydd oedd yn ffurfio oddi tanyn nhw. Roedd y tir yn symud fel ton, a Sara, Heti, Casus a'r ceffyl yn dal eu gafael ar grib y bryn. Rhywsut.

Ffion: *Dyna be ddigwyddodd i'r bryniau? Maen nhw yn y cyflwr yna achos bod Pietro a Nad wedi mynd â'r mwydyn am dro drwy'r twneli?*

Orig: *'Na ti.*

Ffion: *Wnaethoch chi ddim meddwl twtio'r lle?*

Orig: *Roedd gennym ni ... bethau eraill i'w gwneud.*

Cafodd y cert a'r teithwyr eu llyncu gan gysgod wrth i un o'r mwydod wibio heibio'n union uwch eu pennau, a'r budreddi yn disgyn fel glaw drostyn nhw. Tyllodd y creadur yn ddidrafferth drwy'r llwybr o'u blaenau, a Casus yn gorfod tynnu'r ffrwynau'n ffyrnig i un ochr i'w rhwystro rhag syrthio i mewn i'r pydew newydd o'u blaenau. Carlamodd y ceffyl i fyny un llethr ac i lawr un arall, yn gweryru drwy'r adeg, wrth i'r tirlithriad y tu ôl iddyn nhw ddod yn agosach ac yn agosach.

Ysgydwodd Casus ei ben.

"Wna i be alla i am y tir 'ma," gwaeddodd, ei lais bron wedi'i foddi gan dwrw'r bryniau'n dymchwel o'u hamgylch. "Ond mae'n rhaid i chi wneud rhywbeth am ..."

Gwibiodd un arall o'r mwydod drostyn nhw, gan ollwng haen arall o faw dros eu pennau.

" ... rhein."

Daeth un o'r mwydod – un mwy, hyd yn oed, na'r gweddill

– i fyny y tu ôl iddyn nhw, yn symud yn ddidrafferth drwy'r pridd. Roedd pob un o'i ddwsinau o lygaid wedi eu hoelio ar y cert.

Sadiodd Heti ei hun, yn gwneud ei dwylo'n ddyrnau. Camodd Sara o'i blaen, yn gwneud ei gorau i wthio'r ddynes fawr o'r ffordd. Symudodd hi ddim modfedd.

"Na!" meddai Sara. "Mae 'da nhw hawl i fod 'ma!"

Taflodd Heti'r ferch ifanc o'r ffordd wrth i set anferth o ddannedd gau o amgylch cefn y cert, gan ei godi oddi ar y llawr. Suddodd dwrn Heti yn ddwfn i ganol un o lygaid y mwydyn. Gwichiodd y creadur mewn poen a gollwng gafael ar ei ysglyfaeth ... am y tro, o leiaf. Bownsiodd y cert oddi ar weddillion y llwybr cyn rowlio ymlaen, y mwydyn yn parhau i blymio i mewn ac allan o'r tir ar ôl eu gwaed.

Sadiodd Heti ei hun eto, yn barod am ergyd arall.

"Sgen ti ddim arf?" gwaeddodd Casus o gefn ei geffyl, yn synhwyro beth oedd yn digwydd y tu ôl iddo.

"Erioed wedi bod angen un," atebodd Heti, y mymryn lleiaf o ansicrwydd yn ei llais.

"Ti erioed wedi wynebu un o'r rhain, am wn i," meddai Casus rhwng ei ddannedd. "Gwna *rywbeth*!"

Gorweddai Sara ar lawr, ei choesau ar led, a cheg enfawr y mwydyn wedi ei dychryn gymaint fel na allai frwydro yn ei erbyn. Edrychodd Heti o'i hamgylch yn wyllt, cyn defnyddio ei holl egni i rwygo styllen bren o gefn y cert, a hoelen fawr yn dal yn sownd wrthi. Syllodd yn syn ar y styllen am eiliad neu ddwy, ddim yn siŵr iawn sut i'w thrin, cyn i'r mwydyn lyncu cefn y cert am yr eildro. Yn reddfol, daeth Heti â'r styllen yn erbyn pen y creadur, gan wylio'r hoelen yn plannu ei hun yn un o'r llygaid.

Llwyddodd Heti i dynnu ei harf newydd o'r llygad cyn i'r mwydyn sgrechian mewn poen a diflannu i dwll newydd yn y llawr. Caeodd Sara ei llygaid yn dynn.

"Dyw fy nyrnau i ddim yn brifo," meddai Heti wrthi ei hun. "Pwy fyddai'n meddwl?"

Daliodd y styllen yn fygythiol uwch ei phen wrth i'r mwydod heidio o amgylch y cert, a rhywbeth tebyg i ddialedd yn cronni yn eu calonnau ...

Y CERBYD BYW

Doedd Nad ddim wedi agor ei lygaid am ... funudau? Oriau?

Roedd patrwm syml i'r byd erbyn hyn. Rhuthr gwallgof wrth i'r mwydyn blymio drwy'r ddaear, a Nad yn dal gafael am ei fywyd. Ac yna rhyddhad, o fath, wrth i'r bwystfil godi uwchben y graig, a gwynt oer y twnnel yn chwipio heibio. Ond mater o amser oedd hi cyn i'r lloriau llethol, myglyd, ei lyncu eto.

Yn y man, teimlodd Nad benelin Pietro yn ei bwnio. Drwy ei amrannau caeedig, gallai synhwyro golau'r fadarchen yn wyrdd o'i flaen.

"Agor dy lygaid!" meddai'r mynach, ei lais yn rhyfeddol o sionc. "Ti'n colli popeth!"

"Dwi'n dy *gasáu* di," meddai Nad eto.

"Ty'd 'laen. Be ydi'r gwaetha all ddigwydd?"

"*Hyn*! Hyn ydi'r gwaetha!"

Ond roedd gan Pietro bwynt. Beth oedd ychydig o gerrig mân yn ei lygaid, wedi'r cyfan? Agorodd ei amrannau yn betrusgar, a nofiodd y byd i'r golwg unwaith eto. Y twnnel, yn hen ac yn anghofiedig, a rhannau ohono wedi'u llyncu gan greigiau wedi llithro o'r to a'r waliau, ambell fadarchen fach yn tyfu ar ei hyd ac yn goleuo'r lle wrth iddyn nhw fynd heibio. Ac yna tywyllwch llwyr wrth i'r mwydyn ddiflannu o dan y llawr unwaith eto.

"Be yn union o'n i'n ei golli?" gofynnodd Nad rhwng ei ddannedd.

"Weli di ddim?" meddai Pietro. "Mae'n rhaid bod y twneli 'ma wedi cael cymaint o ddefnydd ers talwm. Cannoedd o flynyddoedd yn ôl. Roedd yn ffordd hawdd o deithio rhwng y Copa Coch a ... wel, Porth y Seirff, am wn i. Wyddost ti fod 'na olion hen ddinas o dan Borth y Seirff? Gafodd hi ei llyncu gan y dŵr, yn dilyn y frwydr yn erbyn Brenin y Môr, amser maith yn ôl. Dwi'n amau bod pen arall y twnnel yn dod allan yn fan'no."

"Dim ond ti," meddai Nad, "fyddai'n medru troi hyn yn wers hanes."

Gwthiodd y mwydyn yn ei flaen, yn cnoi drwy'r pridd yn ddidrafferth, ac yn hwylio'n esmwyth drwy'r twnnel. Llwyddodd i osgoi'r pentyrrau o greigiau yn y ffordd, ei gorff yn llithro heibio iddyn nhw'n llyfn, ac ambell lygad yn cael ei wasgu'n bast wrth wneud. Doedd y mwydyn ddim i'w weld yn malio.

Adfeilion Hen Orsaf

Ambell waith, gwelodd Pietro a Nad dwneli eraill yn arwain i'r tywyllwch – rhannau eraill o'r rhwydwaith wedi'u hen anghofio, yn arwain tua Bryn Hir, a Thiroedd y Rhegeniaid, a'r Teyrnasoedd Brith ... neu beth bynnag oedd yno ganrifoedd yn ôl. Ond daliodd y mwydyn i deithio tua'r gogledd at y Copa Coch, fel petai rhywbeth yn ei waed yn ei yrru ymlaen.

"A'r creaduriaid 'ma," meddai Pietro. "Mae'n rhaid eu bod nhw wedi bod yn ffordd o deithio drwy'r twneli. Cerbydau byw. Rhesi o seti ar eu cefnau, lampau ar eu pennau'n goleuo'r ffordd ... alla i ddychmygu'r peth rŵan. Yn enw'r Cyntaf, Nad! Mae hanes yn *gyffrous*!"

"Ydi," atebodd Nad, "pan dydi o ddim yn trio dy ladd di."

"Mae'n rhaid eu bod nhw wedi'u carcharu yma. Y mwydod. Ti'n gweld y ffordd mae'r un yma'n ymateb i'r fadarchen? Dwi'n fodlon betio eu bod nhw'n dod o rywle sy'n *llawn* golau. O fyd arall, o bosib. Ac wedi eu cuddio yma, yn y tywyllwch, byth ers hynny, yn awchu amdano. Golau ydi'r unig beth maen nhw ar ei ôl. Does dim rhyfedd bod yr un yma'n mynd mor wyllt. Elli di ddychmygu bod eisiau rhywbeth gymaint nes ei fod yn dy yrru di'n benwan?"

"Medraf. Dwi isio i ti gau dy geg. Dwi isio hynny'n fwy nag unrhyw beth arall."

Gwenodd Pietro wrtho'i hun, ac ufuddhau. Am y tro.

Syllodd yn syth o'i flaen, yn symud y fadarchen i'r chwith ac i'r dde, yn gwneud ei orau i lywio'r mwydyn ar hyd y trywydd iawn.

Ffion: *Mae'r daith 'ma'n swnio'n ddychrynllyd. Wnei di byth fy nal i ar gefn un o'r pethau 'na.*

Orig: *Dyw e ddim mor ddrwg â hynny. Wir i ti.*

Ffion: *Ti wedi bod?*

Orig: *Sawl gwaith. Y ffordd fwya diogel o deithio, medden nhw. Ond mae hynny'n stori ar gyfer diwrnod arall, Ffion.*

Saethodd y mwydyn drwy bentwr o gerrig, a gwich hir yn dod o'i geg agored. Nid gwich o boen nac o flinder. Roedd y sŵn yn dristach na hynny. Yn fwy torcalonnus. Bron fel petai'r creadur wedi'i siomi, wedi'i frifo i'r byw. Dechreuodd arafu. Edrychodd Pietro gydag ofn ar y fadarchen yn ei law. Roedd y golau'n pylu, ac yma, o dan wreiddiau'r Copa Coch ei hun, roedd y twnnel yn dywyllach nag erioed, a dim mwy o fadarch yn tyfu.

"Nad, mae'r golau'n diffodd! Ac os ydi o'n diflannu'n llwyr ..."

"Fyddwn ni ar goll, dan y ddaear, heb ffordd o amddiffyn ein hunain, efo creadur anferth sydd eisiau ein llyncu ni'n gyfa'. Ydi, mae hynny'n ... bicil."

"Dion. Ei enw ydi Dion."

"O, dwyt ti *ddim* wedi enwi'r peth 'ma?"

"Be? Dyna enw fy nhad. A beth bynnag ..."

"Pietro! O'n blaena ni!"

Rhuthrodd mur o graig tuag atyn nhw drwy'r tywyllwch, yn llenwi'r twnnel. Doedd dim ffordd o ddianc. Nunlle i droi. Gwasgodd Pietro a Nad eu hunain yn erbyn corff y mwydyn – Dion – wrth iddo gnoi drwy'r graig, yn gyflym i ddechrau, ond yna'n arafach ac yn arafach, wrth i olau'r fadarchen bylu. Aeth y creadur yn fwy ac yn fwy llesg wrth i dunelli o graig lenwi ei stumog, yn bygwth cloi'r tri yn nhywyllwch y twnnel am byth ...

Ac yna brathodd Dion drwy'r haen olaf o graig. Disgynnodd ar ei ochr, a Pietro a Nad yn llithro oddi ar ei gefn ac yn glanio'n galed yn erbyn y llawr.

Cyn i olau'r fadarchen ddiflannu'n llwyr, llwyddodd y ddau i weld eu bod mewn gorsaf arall, yn fwy agored a mawreddog na'r un flaenorol ...

... a phen y creadur yn troi tuag atyn nhw, a cherrig mân yn glafoerio o'i geg.

150

Y CORFF GER TROED
Y MYNYDD

Roedd yr awyr yn oren, yr haul yn prysur fachlud, a'r Copa Coch yn codi uwchben y cert a'r ceffyl oedd yn dal i wibio mynd tua'r gogledd.

Gyda Bryniau'r Hafn y tu ôl iddyn nhw, roedd Casus, Heti a Sara bellach yng nghanol clytwaith o diroedd amrywiol, yn croesi'r ffin ryfedd rhwng twndra ac anialwch – rhwng yr Oerdir Unig a Diffeithdir y Gwreiddiau.

Roedd y tirlithriad wedi dod i ben a'r rhan fwyaf o'r mwydod wedi dianc i'r pedwar gwynt, yn meddwi ar eu rhyddid newydd ac ar belydrau'r haul.

Yng nghefn y cert safai Heti yn gadarn, y styllen bren yn ei dwylo, a gwaed yn diferu o'r hoelen ar y pen. Doedd pob un o'r mwydod ddim wedi dianc. Yn y bryniau a'r twndra, roedd llond llaw o'u cyrff yn britho'r tir. Roedd Heti wedi bod yn brysur.

Un o'r creaduriaid oedd ar ôl – mwydyn mwy, hyd yn

oed, na'r gweddill, yn llithro'n ddidrafferth drwy'r tir ac yn hwylio drwy'r awyr ar don o garthion, ei ddannedd yn agor a chau yn fecanyddol, a'i lygaid yn syllu'n syth o'i flaen.

Roedd Heti a'r mwydyn wedi bod yn brwydro am bron i awr – drwy'r bryniau, rhwng coed gwasgarog yr oerdir, a bellach dros lethrau ysgafn y diffeithdir – y styllen wedi gwneud ambell rwyg yng nghnawd y bwystfil, ac yntau wedi dod yn agos at lyncu Heti sawl tro. Dyma oedd brwydr fwyaf ei bywyd. A thrwy gydol y gyflafan, roedd Sara fel pigyn clust wrth ei hymyl, yn ceryddu Heti am ladd creaduriaid diniwed.

Llamodd y mwydyn ymlaen, ei ddannedd yn gafael yng nghefn y cert, a Heti'n gorfod cymryd naid yn ôl er mwyn dianc. Gan anadlu'n ddwfn, cododd y styllen uwch ei phen a phlannu'r hoelen ym mhen y bwystfil – yn y man lle roedd hi'n dychmygu y byddai'r ymennydd.

Doedd hi ddim yn bell o'r marc.

Gwthiodd ei harf newydd yn ddyfnach ac yn ddyfnach cyn ei rwygo o'r cnawd, a ffynnon o waed tywyll yn saethu allan.

Ffion: *Ti'n siŵr y dylwn i fod yn clywed stori fel'ma? Dim ond merch ifanc ydw i, wedi'r cyfan.*

Orig: *Os wyt ti wir am ddod yn anturiaethwr, fyddi di'n dod ar draws pethau gwaeth na hyn, Ffion fach.*

Ffion: *Jocian ydw i.*
Orig: *O.*
Ffion: *Dos 'mlaen. Mae hyn yn grêt.*

Gollyngodd y mwydyn afael yn y cert a rowlio'n ddiymadferth ar hyd yr anialwch, ei waed yn staenio'r tywod, a'i lygaid yn cau am y tro olaf.

Tynnodd Casus ar y ffrwynau a daeth y ceffyl i stop, a thywod yn tasgu o amgylch olwynion y cert. Heb air, llamodd Sara i mewn i'r anialwch a hanner baglu, hanner rhedeg yn ei blaen, tuag at gorff y mwydyn.

"Sara!" protestiodd Heti, yn disgyn oddi ar y cert a chychwyn ar ei hôl. "Falle bod e dal yn fyw …"

Cyrcydodd Sara wrth ymyl y creadur a rhedeg ei llaw dros ei gnawd. Roedd yn gwbl lonydd, heb arwydd o anadl na churiad calon.

"Dyw e ddim," atebodd Sara'n dawel, "diolch i ti."

"Beth oeddet ti'n disgwyl i fi wneud? Bodloni fy hun ar fod yn ginio iddo fe? Nid pawb gafodd eu magu mewn coedwig hud, yn syth o stori dylwyth teg, a gwneud ffrindiau gyda'r glöynnod byw a'r adar mân. Roedd yn rhaid i rai ohonon ni frwydro i gadw'n fyw. Ymladd bob dydd a nos. Dyna sut mae'r byd yn gweithio, Sara. Gei di ofyn am ffafr gan y duwiau nes i ti golli dy lais, ond y gwir annifyr – yn y pen

Diffeithwch y Gwreiddiau

draw – yw bod y byd ddim yn malio amdanon ni. Mae'n rhaid i ni ymladd ... neu farw. Dyna'r unig ddewis."

Ciciodd Sara dywod dros Heti a cherdded i ffwrdd.

"Ry'n ni yma i ladd bwystfil," atebodd Heti, yn poeri llond ceg o dywod wrth wneud. "Anghofiest ti am hynny? Be oeddet ti am wneud yng nghanol ffau'r Horwth? *Siarad* 'da fe?"

Agorodd Sara ei cheg i ateb, cyn gweld bod y cert yn wag a Casus wedi diflannu. Yna sylwodd, am y tro cyntaf, eu bod wrth droed y mynydd. O'u blaenau, yn yr hanner gwyll, roedd craig ddu, amhosib o serth, yn codi o'r tywod.

Roedden nhw wedi cyrraedd.

Bron wedi ei guddio gan gysgod y Copa Coch, roedd Casus ar ei liniau wrthi'n tynnu offer dringo o gwdyn ar ei felt. Rhuthrodd Sara tuag ato a Heti yn ei dilyn yn anniddig.

"Casus?" cynigiodd Sara'n dawel.

"Rydw i wedi gwneud hyn ganwaith o'r blaen," atebodd yr arwr, yn clymu rhaff i gyfres o bigau haearn, "ond erioed wedi cael y math yma o drafferth. Erioed wedi cael y tir yn dymchwel o dan fy nhraed. Mae 'na dro cynta i bopeth, sbo."

Trodd Casus tuag atyn nhw, gan ddal i glymu.

"Ydych chi'ch dwy yn lwc ddrwg, ta be?"

Camodd Sara yn ôl. Roedd hi wedi dod yn nes at yr anturiaethwr drwy gydol y daith, yn ei weld fel rhywun i'w efelychu ... yn fwy, efallai, nag unrhyw un erioed o'r blaen.

Ond roedd rhywbeth yn ei lygaid y funud honno oedd yn ei dychryn.

"Mae'n daith anodd i fyny'r mynydd," aeth Casus ymlaen, ei lais fymryn tynerach. "Yn enwedig yn y tywyllwch."

"Wnawn ni ddim dy arafu di," meddai Sara. "Wir yr. Wel ... wna *i* ddim, beth bynnag."

Gwgodd Heti.

"Ry'n ni wedi dod yn rhy bell i droi'n ôl," meddai, "gwaetha'r modd. Yn enwedig 'da'r mwydod 'na'n crwydro'r bryniau. A falle, Casus, y byddi di ein hangen ni cyn y diwedd."

Edrychodd Casus i fyny tua'r copa, ei law yn ymestyn am y fflasg ar ei felt ...

... y fflasg roedd Sara wedi'i chwalu yng nghanol Bryniau'r Hafn ...

... ond yna daeth rhuo'r Horwth o ganol y cymylau, gan ysgwyd eu hesgyrn yn eu cnawd a gyrru tonnau bach drwy'r tywod. Symudodd llaw Casus at garn ei gleddyf.

"Digon posib," meddai, "dy fod ti'n iawn, Heti."

LLEUAD GWYN, COPA COCH

Wrth i Casus astudio'r graig gan chwilio am lefydd i roi ei draed a'i ddwylo, crwydrodd Heti'r anialwch, yn craffu ac yn chwilio, rhag ofn bod llwybr haws yn cuddio yn rhywle.

Roedd sylw Sara, ar y llaw arall, i gyd ar y ceffyl.

Roedd hi wedi datod y rhaffau oedd wedi'u cysylltu â'r cert, a defnyddio rhai ohonyn nhw i glymu'r creadur druan wrth ddarn o graig, ychydig gamau o droed y mynydd.

Camodd Casus tuag ati, wrth i Sara fwytho mwng y ceffyl yn dyner.

"Fydd rhaid i ni fynd amdani," meddai Casus, "ac yn gyflym, cyn i'r Horwth gychwyn ar helfa arall. Be ti'n wneud?"

"Ro'n i'n meddwl," atebodd Sara, "pan ddown ni'n ôl, y byddwn ni'n medru marchogaeth i Borth y Seirff ar gefn hwn, a ..."

"*Os* down ni'n ôl. A dwi'n siŵr y byddai o'n hapusach yn rhedeg yn wyllt nag wedi'i glymu fan hyn."

"Ry'n ni *yn* dod yn ôl," meddai Sara yn biwis.

Tawelodd Casus am rai eiliadau, yn gwneud ei orau i ddod o hyd i'r geiriau cywir. "Dewch 'mlaen," meddai o'r diwedd, wedi rhoi'r gorau iddi. "Does 'na ddim amser i hel clecs."

Cychwynnodd ddringo.

"Wy wedi sgramblo fydd yr ola i'r copa."

Rhoddodd offer dringo Casus fantais iddo. Tynnodd ei hun i fyny, gam wrth gam, gan yrru pigau haearn yn ddwfn i'r graig.

Sara ddaeth ar ei ôl, yn siglo o un llaw i'r llall i fyny'r llethr, ei phrofiad o ddringo boncyffion Coed y Seirff o gymorth mawr iddi.

Heti, wrth gwrs, oedd yr arafaf o'r tri. Roedd ei chryfder yn ddigon i'w thynnu hi i fyny heb drafferth yn y byd, ond roedd hi'n petruso gymaint, a gwynt oer – yn mynd yn oerach fyth wrth iddi ddringo – yn chwipio heibio iddi drwy'r amser. Ysgydwodd y styllen ar ei chefn yn fwy gwyllt wrth iddi godi ymhellach uwchben y tir.

Bob hyn a hyn, cymerodd Sara hoe er mwyn aros amdani. Er cymaint roedden nhw wedi dadlau, doedd ganddi ddim llawer o awydd gadael Heti ar ôl. Doedd hi ddim eisiau cyfadde'r peth, ond roedd hi'n llawer rhy ddefnyddiol.

Roedd Casus ymhell o'u blaenau, wedi diflannu yng nghanol y mwg a'r tywyllwch.

"Tân coed," meddai Heti dan ei hanadl. "Blanced wlân. Coes carw mewn perlysiau. Gwin coch byrlymog. Danteithion o Fecws Raffi Dywyll ..."

Synhwyrodd Heti rywbeth uwch ei phen. Edrychodd i fyny a gweld Sara'n syllu i lawr, un ael wedi ei chodi.

"Fi'n rhestru fy hoff bethau," esboniodd Heti. "Y pethau ga i eu mwynhau unwaith eto yn fy nghartre bach clyd, unwaith i hyn oll ddod i ben. Mae'n fy nghadw i'n gall."

Syllodd Sara'n ôl yn ddiemosiwn cyn neidio ychydig gamau i fyny'r mynydd.

"Sa i'n gwneud unrhyw beth felly," meddai. "Fi'n tueddu i ... adael popeth mas. Ar unwaith."

"Ie," meddai Heti. "Fi wedi sylwi."

Dringodd y ddwy mewn distawrwydd am ychydig funudau, a Sara ar goll yn ei meddyliau.

"Fi'n gwybod 'mod i'n ei wneud e'n rhy aml," meddai o'r diwedd. "Colli 'nhymer. Nid 'mod i'n dyfaru *bob* tro. Roeddet ti'n haeddu stŵr am ladd y mwydod 'na. Ond weithie fi'n gwybod 'mod i'n mynd yn rhy bell."

Dringodd Heti ar ei hôl, yn ochneidio a bytheirio.

"Mae'n digwydd i ni i gyd," meddai, ei gwynt yn ei dwrn. "Ambell waith."

"Fel yn y bryniau. Do'n i ddim yn meddwl yn glir. Ro'n i'n gwybod bod angen dychryn yr adar 'na, i dynnu'r sylw'r Horwth. Wnaeth carreg ddim o'r tro, felly gymerais i fflasg Casus. Ei thaflu ... a'i malu."

"Wnes ti *beth*?"

Yn ei sioc, collodd Heti afael ar y graig. Plymiodd i lawr gyda sgrech, a'r cerrig mân yn syrthio ar ei phen, cyn iddi lwyddo i gau ychydig fysedd o amgylch darn miniog o graig.

"Heti!" gwaeddodd Sara. Sgrialodd i lawr y mynydd fel pry cop. Agorodd ei phecyn a thynnu cortyn hir allan – gweddillion y rhaff y defnyddiodd wrth glymu'r ceffyl i'r cert. Yn gafael yn gadarn yn un pen, taflodd y llall i lawr. Heb feddwl, cymerodd Heti afael o'r rhaff. Un llaw, ac yna'r ail. Llwyddodd Sara i wthio ei choesau yn erbyn creigiau'r mynydd, gan sgrechian rhwng ei dannedd wrth iddi dynnu Heti i fyny ar silff ddiogel yn y graig.

Glaniodd Sara wrth ei hymyl. Roedd bochau'r ddwy mor biws â'i gilydd. Cymerodd y ddwy gegaid o aer, gan ddiolch i'r holl uwch ac isdduwiau eu bod nhw'n fyw.

Heti oedd y gyntaf i siarad.

"Pryd roeddet ti'n ... meddwl sôn ... bod gen ti raff?"

"Dere nawr," atebodd Sara. "Dim mwy o chwarae plant."

Clymodd hithau'r rhaff o'u cwmpas, a dringodd y ddwy'n

Heli

araf ac yn bwyllog, heb fwy o siarad na checru, i fyny'r Copa
Coch.

O fewn dwy awr, roedd posib gweld darn gwastatach o
dir uwch eu pennau. Roedd y dringo caled bron ar ben ...
ond roedd y gwynt yn oerach nag erioed, a'r mwg yn cau
o'u hamgylch.

Cyn cyrraedd y gwastadedd, daethant ar draws Casus o'r
diwedd.

Roedd e'n welw, yn gafael yn y mynydd ac yn wynebu'r
de. Crynai fel deilen.

"Casus?" mentrodd Sara. "Wyt ti'n iawn?"

Syllai ar y ddwy fel petai'n eu gweld am y tro cyntaf.

"Fi?" meddai'n dawel. Edrychodd o'i gwmpas, yna cododd
ei ben. Am eiliad yn unig, aeth ei law yn reddfol at ei felt. At
hen fan gorffwys ei fflasg. "Dwi'n ... dwi'n berffaith iawn,
siŵr. Ar eich ôl chitha."

Gyda'i gilydd, daeth Sara a Heti dros grib y creigiau mwyaf
serth, a Casus yn union y tu ôl iddyn nhw. Safodd y tri yng
ngolau'r lloer, y pridd yn goch o dan eu traed. Roedd craig
uchaf y mynydd o'u blaenau, a chylch o fwg yn chwyrlïo'n
annaturiol o'i hamgylch.

Funudau wedyn, safai'r tri o flaen agoriad anferth yn y
graig, y copa'n union uwch eu pennau.

Ffion: *Swnio fel lle cyfarwydd ...*

Orig: *Ti'n llygad dy le. Roedden nhw'n sefyll ... wel ... tua fan hyn, am wn i.*

Tynnodd Casus ei gleddyf o'i felt yn benderfynol. Disgleiriodd y llafn yng ngolau'r lleuad.

Yn ddwfn yn yr ogof o'u blaenau, gwelodd y tri siâp cynffon yn symud yn ôl ac ymlaen, a chlywed sŵn hanner ffordd rhwng chwyrnu a rhuo, a'i deimlo'n ysgwyd y tir.

DAU BRYFYN

Roedd y tywyllwch yn llethol o dan y mynydd. Allai Pietro na Nad ddim gweld eu dwylo o flaen eu llygaid.

Yn ddigon ffodus, roedd Dion y mwydyn yr un mor ddall.

Hyd yn oed ar ôl cannoedd o flynyddoedd yn y gwyll, doedd y mwydod ddim wedi medru addasu i'r tywyllwch. Roedd yn dal i fod yn boen gyson iddyn nhw. Yn wenwyn. Gallai Pietro a Nad glywed y creadur yn hisian ac yn poeri ac yn chwipio'i gynffon, yn cnoi craig fan hyn a charreg fan draw, yn gwneud ei orau i ddarganfod ffordd allan.

"Pietro!" meddai Nad rhwng ei ddannedd. "Pietro! Lle rwyt ti, yn enw'r —"

"Cau dy geg!" atebodd Pietro, cyn llithro ar draws y llawr i gyfeiriad Nad a sibrwd yn ei glust. "Os galla i ddod o hyd i ti, gei di fod yn sicr bod Dion yn medru gwneud hefyd. Dydi o ddim yn dwp."

"Wrth gwrs. Anghofiais i. Ti'n ei nabod o *mor* dda. Be

'dan ni am *wneud*? Mae'n rhaid bod 'na ffordd allan o'r orsaf 'ma ..."

"Does dim modd dweud. Welaist ti'r twneli ar y ffordd yma?"

"Rhwng cau fy llygaid? Do, mewn ffordd."

"Roedd eu hanner nhw wedi dymchwel. Does neb wedi bod yma ers talwm."

"Ond ... ond ..."

Rhoddodd Pietro law ar ysgwydd Nad. Roedd yr ystyr yn amlwg. *Bydd yn ddistaw.*

Daeth synau corddi'r mwydyn yn agosach ac yn agosach. Dechreuodd cerrig ddisgyn o'r to uwch eu pennau. Gyda'r gwaed yn llifo o'i wyneb, edrychodd Pietro i fyny a gweld siâp gwelw yn y tywyllwch, yn union uwch ei ben. Roedd Dion yn glynu i'r to.

"Rhed," sibrydodd Pietro, gan dynnu Nad ar ei ôl. Llamodd y ddau hanner ffordd ar hyd yr orsaf, y mwydyn yn syrthio o'r to ac yn taro'r llawr lle roedden nhw wedi bod yn cyrcydu eiliadau ynghynt.

"Pietro," meddai Nad, fymryn yn uwch, "os wyt ti'n digwydd dianc hebdda i ..."

"Nad! Distaw, y ffŵl!"

" ... a llwyddo i gyrraedd yn ôl i Borth y Seirff, elli di basio neges i'r Arch-ddug?"

"*Hisht*!"

"Elli di ddweud wrtho fo fod marw fan hyn yn y tywyllwch ... *gymaint* gwell na gweithio diwrnod arall yn ei lys o? A wedyn gei di boeri yn ei wyneb. Os t'isio. Dibynnu sut ti'n teimlo ar y pryd."

"Wnaiff yr un ohonon ni ddianc," poerodd Pietro, ei dymer yn codi, "os nad wyt ti'n stopio fflapio dy wefusa'."

Ond doedd y mwydyn ddim yn agos atyn nhw. Roedd yn dal ar ben arall yr orsaf. Gallai Pietro a Nad ei glywed yn cnoi ychydig fodfeddi drwy'r waliau, cyn colli amynedd a chychwyn eto. Roedd y tywyllwch wedi sugno ei nerth i gyd.

"Dwi'n meddwl ei fod o'n fyddar," meddai Nad. "Neu dydi o jest ddim yn malio amdana i. Mae hynny'n digwydd yn aml."

Rhewodd Pietro. Diawliodd ei hun am fod mor ddifeddwl.

"Wrth gwrs! Mae'n greadur sy'n ffynnu ar olau. Does dim angen clyw arno fo. Sy'n golygu ... Nad, os gallwn ni *greu* golau, fe allwn ni ddenu Dion at y waliau. Geith o gnoi twnnel newydd i ni tuag i fyny ac allan!"

"Gwych. Rwbia i ddau ddarn o fflint yn erbyn ei gilydd, ac erbyn i fi wneud sbarc fydd y peth 'na ar fy mhen i. Syniad da, Pietro."

Eisteddodd Pietro yn galed ar y llawr teils a fu unwaith yn blatfform. Gallai glywed Dion yn dal i daro'r waliau, a sŵn rhyfedd, treiddgar, yn dod o gefn ei wddw, sŵn nid yn annhebyg i lefain.

Ffion: *O! Dion druan.*

Orig: *Fyddet ti ddim yn dweud hynny petaset ti'n ei weld e yn y cnawd.*

Ffion: *Na?*

Orig: *Wel … falle ddim. Nabod ti.*

Edrychodd Pietro i fyny'n sydyn.

"Ti'n medru 'chydig o hud a lledrith," meddai. "Gwneud pethau sy ddim yn bodoli. Siapiau … a goleuadau?"

Ysgydwodd Nad ei ben.

"Mae hud yn cymryd amser," meddai, "fel ti'n gwybod yn iawn. Gwaith paratoi. Meddwl clir. Ac ers gadael Porth y Seirff, dwi wedi diodda ymosodiad gan ladron mewn coedwig, *a'r* dynion gwyrdd 'na yng nghanol y niwl, wedi dringo i fyny clogwyn i ganol y twneli 'ma – sy'n gwneud i lefelau isaf Porth y Seirff edrych fel palasau'r Uchelgaer – a chael fy llusgo drwyddyn nhw gan greadur sy'n waeth nag unrhyw hunlle gefais i erioed. Dydw i ddim yn y lle iawn yn feddyliol i allu gwneud hyn, Pietro. Alla i ddim jest ymestyn fy mraich, agor fy mysedd a …"

Saethodd ffrwd o sbarciau allan o gledr llaw Nad, yn binc ac yn goch ac yn oren. Trodd y mwydyn ei ben a llamu tuag ato wrth i'r sbarciau doddi'n ddiniwed yn erbyn y waliau a'r llawr. Bu'n rhaid i'r consuriwr ddianc y tu ôl i Pietro cyn i'r golau ddiffodd yn llwyr, a'r mwydyn yn snwffian yn drist wedi i'r sbarciau ddiflannu.

Gwenodd Pietro'n hunanfodlon.

"Cofio fi'n dweud wrth Casus fod y lle 'ma'n arbennig? Yn safle o bŵer? Dyna brofi'r peth! Dwi'n meddwl bydd dy dricia di'n dod dipyn yn haws yma, Nad."

Camodd Nad allan o gysgod Pietro, ei dafod yn chwarae ar draws ei wefusau. Estynnodd fys, ac ymddangosodd pry tân bach i ddawnsio a chwarae o'i flaen. Trodd holl lygaid y mwydyn i gyfeiriad y pry. Driliodd ei ddannedd i mewn i'r graig ar ei ôl. Stopiodd a syllu'n syn at y belen fach o dân oedd yn dal i ddawnsio o'i flaen. Twriodd ymhellach ac ymhellach i fyny, a swyn Nad yn ei yrru tua'r wyneb.

"Gwych," meddai Pietro wrth i'r ddau ddilyn – yn ddigon pell er mwyn osgoi'r don o garthion a dasgai o ben-ôl y mwydyn. "Dalia ati. Ond be wnawn ni os down ni ar draws yr Horwth?"

Gwenodd Nad.

"Be ti'n fwydro?" meddai. "Dyna pam bod gennym ni Dion, siŵr iawn."

168

FFAU'R HORWTH

"Fynnais i ddim bod *rhaid* i chi ddod efo fi," sibrydodd Casus wrth i'r tri sleifio ymlaen yng ngolau'r lloer. "Cofiwch hynny, beth bynnag sy'n digwydd."

"Fi moyn mynd adre," meddai Heti, ei styllen yn ôl yn ei dwylo. "Ac os yw hynny'n golygu ymladd yr Horwth, dyna sy'n rhaid ei wneud."

Oedodd Sara cyn ymateb.

"Oes *rhaid* i ni ladd e?" meddai.

"Meddylia am yr holl bobl wneith farw os wnawn ni ddim," atebodd Casus. "Fyddi di'n medru byw efo ti dy hun wedyn?"

Bu bron iddo faglu dros ei draed ar y ffordd i'r ogof. Gafaelodd yn ei frest er mwyn sadio ei hun.

"Rhwystro lladd wrth ... ladd," meddai Sara, yn llygadu Casus yn ansicr. "Gwneud synnwyr. Ond ti yw'r arwr, sbo. Wyt ti'n iawn? Rwyt ti'n ... sigledig."

Cyn i Casus gael cyfle i ymateb, daeth y tri i geg yr ogof.

Agorodd gogoniant y Copa Coch o'u blaenau.

Doedd Sara erioed wedi dychmygu y byddai ffau'r Horwth mor ... *fawr*. Fe fyddai hanner poblogaeth Porth y Seirff wedi medru gwasgu i mewn iddi, siŵr o fod, a'r to yn codi bron mor uchel â'r coed mawreddog oedd yn dal y dref yn ei lle.

Fe fyddai wedi bod yn fwy trawiadol fyth oni bai am y bryniau isel o garthion oedd yn gorchuddio'r ogof. Yn ffres, eu harogl yn finiog, yn syrthio'n donnau anniben o'r waliau ac yn tywallt ar hyd y llawr.

Ac yng nghefn yr ogof roedd yr Horwth ei hun yn chwyrnu'n braf.

Gwthiodd Casus yn ei flaen, Sara a Heti wrth ei sodlau. Syllodd y ddwy yn eu blaenau'n fud.

Er bod llwybrau'r teithwyr a'r Horwth wedi croesi ambell waith, dyma'r tro cynta iddyn nhw gael cyfle i astudio'r bwystfil, heb orfod rhedeg neu ymladd am eu bywydau.

Ac o'r pellter yma, roedd e'n edrych bron yn ... heddychlon.

Roedd ei ddannedd a'i grafangau yr un mor finiog, yn wir, a'r ffordd ryfedd roedd ei wddw yn chwyddo a gostwng wrth iddo anadlu yn dal i yrru ias i lawr eu cefnau. Cyrhaeddai arogl ffiaidd ei anadl atyn nhw o'r pellter yma, hyd yn oed drwy'r holl fynyddoedd o faw. Ond roedd ei lygaid ynghau, a'i gynffon yn symud yn ôl ac ymlaen yn fodlon. Roedd corneli ei geg wedi troi am i fyny, gan roi'r argraff ei fod yn

gwenu yn ei gwsg, fel cath yn breuddwydio am hela llygod.

Ffion: *Neu hela pobl.*
Orig: *Fyddai'r peth 'na wedi medru hela* cewri *heb dorri chwys. Roedd e'n ...*
Ffion: *... fawr. Dwi'n dallt hynny. Diolch.*

Rhoddodd yr Horwth anadl hir drwy ei ffroenau, a llenwodd yr ogof â mwg.

"Arhoswch efo fi," meddai Casus dros ei ysgwydd, cyn mentro ar flaenau ei draed tuag at y bwystfil. "Ond byddwch yn ddistaw. Yn enw popeth sanctaidd, byddwch yn —"

Disgynnodd Casus ar ei liniau, ei law yn erbyn ei galon. Cleciodd ei gleddyf yn swnllyd yn erbyn y llawr, a rhoddodd sgrech o boen.

"Casus!" meddai Sara. "Beth sy'n —?"

Agorodd yr Horwth ei lygaid. Aeth y ffrwd o fwg yn afon. Agorodd ei geg wrth sefyll ar ei draed, a daeth ton ar ôl ton o fwg i lenwi'r ogof. O fewn ychydig eiliadau, yr unig beth i'w weld oedd pen yr Horwth yn clochdar uwchben y cyfan.

Baglodd Sara drwy'r düwch.

"Casus?" gofynnodd rhwng ei dannedd. "Heti?"

Nofiodd llais Casus tuag ati drwy'r mwg.

"Rydw i'n wan. Fydd rhaid i chi ..."

"Fydd rhaid i fi *beth*?" atebodd Sara. "Gwneud hwyl am ben yr Horwth tan iddo fe hedfan bant? *Ti* yw'r arwr, i fod ..."

"Gadewch e 'da fi," meddai Heti'n benderfynol.

Cododd yr Horwth i'r awyr, ei ben yn chwipio o ochr i ochr. Trodd llygaid Sara yn soseri wrth weld bod Heti yn gafael yn un o goesau'r bwystfil ac yn dringo i fyny, y styllen yn ei llaw.

Er bod yr Horwth yn cicio ac yn poeri, llwyddodd Heti i gyrraedd ei gefn. Safodd ar ei thraed a chychwyn ymosod yn wyllt gyda'r styllen. Daeth ei harf i lawr eto ac eto ac eto, yn tynnu gwaed, gan orfodi i'r Horwth lanio er mwyn cael gwared ar y gacynen annifyr ar ei gefn.

Daliodd Sara i symud wrth syllu'n gegrwth uwch ei phen. Llwyddodd i gyrraedd Casus. Roedd e'n sefyll ym mhen draw'r ogof, wedi plygu drosodd ac yn anadlu'n drwm.

"Beth ddigwyddodd i ti?" poerodd Sara.

"Dim amser i esbonio," atebodd Casus. "All Heti ddim trechu'r peth 'na ar ei phen ei hun. Mae popeth yn dibynnu arnat ti, Sara o'r Coed."

Agorodd Sara ei cheg mewn protest. Am unwaith, ddaeth dim byd allan. Hyd yn oed petasai hi'n medru trechu'r bwystfil, roedd gwneud y fath beth yn erbyn ei holl egwyddorion. Ei magwraeth.

Ysgydwodd ei phen yn ôl ac ymlaen, a sgrechiadau'r Horwth a thuchan Heti yn llenwi'r ogof.

"Alla i ddim," meddai o'r diwedd, yn cymryd cam yn ôl. "Alla i ddim."

Sythodd Casus. Tynnodd ei law oddi ar ei galon. Trodd ei wyneb yn fasg o gasineb.

"Felly pa ddefnydd wyt ti?" meddai. Saethodd ei fraich allan a gafaelodd yn ysgwydd Sara cyn ei thaflu i bydew ychydig droedfeddi i ffwrdd. Llithrodd Sara i lawr y waliau a glanio'n swp ar y gwaelod.

"Sara!" bloeddiodd Heti o gefn yr Horwth, yn dal y styllen uwch ei phen.

"Nid titha hefyd?" meddai Casus. "Roeddwn i'n gobeithio y byddai o leia un ohonoch chi'n ddigon da i ymuno â mi. Do'n i ddim yn meddwl y byddech chi'n goroesi'r daith, a bod yn onest. Ac eto, dyma chi ... yn methu ar y cam ola. Siomedig."

Rhoddodd ei fysedd yn ei geg a chwibanu ddwywaith. Cododd yr Horwth ar ei draed ôl a llithrodd Heti oddi ar ei gefn. Cwympodd hithau, yn crafangu yn erbyn corff y bwystfil wrth ddisgyn, ac yna yn erbyn waliau'r pydew cyn glanio wrth ymyl Sara, a'r cleisiau yn dechrau tywyllu ei chroen yn barod.

O waelod y pydew, rowliodd Sara yn boenus ar ei chefn

a gweld Casus yn syllu i lawr. Ac wrth ei ymyl, yr Horwth.

Mwythodd Casus ffroenau'r bwystfil yn addfwyn.

"Mor siomedig," meddai.

FFION AC ORIG

Wrth far y Twll, roedd ceg Ffion yn lled agored. Estynnodd Orig fys a chau un wefus yn erbyn y llall.

"Roeddet ti'n hel pryfed," meddai. Ysgydwodd Ffion ei phen, yn gwrthod derbyn y gwir.

"Ond roedd Casus yn arwr," meddai o'r diwedd. "Maen nhw'n dal i adrodd straeon amdano hyd heddiw. Y Ddraig Amhosib, y Sarff Waed-ddu, ia ... ond y gweddill i gyd, hefyd. Yr un amdano fo'n codi *Lwsi Glên* o waelod y môr a'i hwylio unwaith eto. Neu sut y gwnaeth o dyrchu'r Brenin Rhuddgoch oddi ar ei orsedd. Neu'r tro 'na trechodd o gwlt cyfan o'r tiroedd gwyllt y tu hwnt i Adlaw efo un llaw wedi'i chlymu y tu ôl i'w gefn. Ydi un ohonyn nhw'n wir?"

"Mae 'na fymryn o wirionedd yn y rhan fwya o straeon," atebodd Orig. "A thipyn o gelwydd, wrth gwrs. Yr un peth sy'n gyson am bob un stori, Ffion – dydi pethau byth fel maen nhw'n ymddangos ar yr wyneb."

Taflodd y tafarnwr belen faip i'w geg a chnoi – yn ansicr

i ddechrau, yna'n fwy ac yn fwy awchus, a gwên yn lledu ar hyd ei wefusau.

"Anghofiais i pa mor flasus oedd y pethau llysiau 'ma," meddai. "Da iawn, Ffion. Da iawn wir. Reit – mae'n amser swper. Be gymri di?"

Trawodd Ffion ei dwrn yn erbyn y bar. Disgleiriodd pelydrau'r haul i mewn drwy'r ffenest fawr ar wal orllewinol y Twll, gan estyn cysgod Sara ar draws y dafarn gyfan.

"Na," meddai Ffion yn bendant. "Dim mwy o newid y pwnc. Dwi isio clywed diwedd y stori."

Pwysodd Orig ar y bar.

"Dyw'r stori ddim yn agos at orffen," meddai. "Os wyt ti eisiau clywed y cwbl, fydd rhaid i ti aros yma am sbel, ddweda i."

"Be ddigwyddodd nesa?"

Camodd Orig yn hamddenol tua'r gorllewin a syllu'n syth tua'r haul, ei lygaid yn lled agored.

"Gawn ni weld," meddai. "Mwg yn llenwi'r ogof, Heti'n ymladd yr Horwth, Casus yn troi ar Sara ... o, ie! Sut galla i anghofio? Mae rhan orau'r stori eto i ddod!"

Trodd Orig at Ffion a tharo'i fys yn erbyn ei drwyn.

"Dyma'r rhan lle fi'n ailymddangos."

Y COGYDD A'R TAFARNWR

"Doeddwn i ddim yn meddwl y byddet ti'n gwneud y tro," meddai Casus drwy'r mwg. "Mae 'na ormod o dosturi yn dy galon di, Sara. Ac ar ben hynny ... mae dy goginio di'n boenus o wael. Ddrwg gen i."

Rhoddodd Sara ei phen yn ôl yn erbyn y graig. Doedd hi ddim yn medru symud.

Daliodd Casus i fwytho'r Horwth, a'r bwystfil anferth yn canu grwndi wrth ei ymyl.

"Hi, ar y llaw arall," meddai eto, yn ystumio tuag at Heti. "Do'n i ddim yn disgwyl y fath lwfrdra ganddi hi. Y Crwydryn a ŵyr ei bod hi gymaint gwell mewn sgrap na gweddill fy ngweision i. Ond gwendid ydi gwendid."

Dechreuodd Heti riddfan wrth ymyl Sara, yn rhy isel i Casus a'r Horwth glywed. Rhwystrodd Sara ei hun rhag gwenu. Roedd Heti'n fyw. Roedd 'na obaith.

"Ti a'r Horwth," meddai Sara'n isel. "Rydych chi ... ar yr

ORIG

un ochr?"

"Ffrindiau gorau," atebodd Casus yn sych. "Cyfeillion oes. Mae'n stori ddiflas, mae gen i ofn. Fel y rhan fwya o straeon amdana i, a bod yn onest. Y rhai gwir, o leia. Fyswn i'n hapus i'w hadrodd nhw a dy ddiflasu di hyd at syrffed, Sara o'r Coed ... ond mae gen i ffordd haws o gael gwared ohonot ti."

Moesymgrymodd yn ffals cyn clapio'i ddwylo a throi ar ei sawdl. Gwthiodd yr Horwth ei ben i lawr y pydew, yn llyfu ei weflau wrth syllu at y danteithion o'i flaen.

"Diolch am dy gwmni ar y daith," meddai Casus wrth adael. "Wneith hi stori well na'r arfer."

Cododd Sara ar ei thraed yn boenus wrth i'r Horwth wthio'i hun yn nes ati. Yn gwasgu ac yn stryffaglu, ei ben bron yn rhy fawr i ffitio i mewn. Sleifiodd ymlaen fesul modfedd mor gyflym ag y gallai, gan ysgwyd cerrig yn rhydd o'r ochrau.

Edrychodd Sara o'i chwmpas yn wyllt, yn chwilio am ffordd i ddianc. Unrhyw ffordd. A'i chalon yn ei gwddw, gwelodd hollt tenau yng ngwaelod y pydew, yn arwain yn ddyfnach i grombil y mynydd.

"Coda!" gwaeddodd yng nghlust Heti. "Ar dy draed, y lwmp!"

Rhoddodd Heti riddfaniad arall. Disgynnodd ar ei hochr.

Yn rhegi o dan ei gwynt, cychwynnodd Sara ar y gwaith o rowlio Heti tua'r agoriad. Pistyllai'r chwys i lawr ei hwyneb wrth iddi wthio ... yn llawer rhy araf.

A dyma lle rwy'n dychwelyd i'r stori – roedd rhaid i fi gamu i mewn.

Roeddwn i wedi bod yn gwylio'r cyfan. Wedi cuddio yn yr agoriad byth ers clywed synau ymladd a rhuo'n dod o'r ogof. Ac yn gwybod y byddai'r ddwy'n dod i ddiwedd anffodus iawn oni bai fy mod i'n gwneud rhywbeth.

Ffion: *Nid dy fod ti'n brolio.*
Orig: *Byth yn brolio, Ffion. Dim ond dweud yn blaen.*

Gydag anadl yr Horwth yn boeth ar gefn fy ngwddw, gafaelais yng ngholer Heti a thynnu gyda fy holl nerth. Hyd yn oed gyda chymorth Sara, roedd hi'n drwm. Ond, fesul cam, llwyddodd y ddau ohonom i'w llusgo tua'r agoriad a'i gwthio drwyddo. Llamodd Sara drosti wrth i'r Horwth gyrraedd gwaelod y pydew o'r diwedd, ei ddannedd yn crafu'r llawr wrth i'w geg agor a chau, a cholofnau tenau o fwg yn chwythu o'i drwyn ac yn llenwi'r agoriad.

Wedi i'r mwg glirio, roedd yr Horwth wedi mynd, wedi rhoi'r gorau iddi, a llusgo'i hun yn ôl i fyny yn boenus. Llenwodd gwaelod y pydew â dwsinau o greigiau a cherrig wrth iddo adael.

Disgynnodd Sara yn erbyn y wal, yn pesychu'n wyllt. Agorodd ei llygaid, a sylweddoli am y tro cynta 'mod i, o bawb, yn sefyll o'i blaen, wedi fy ngoleuo gan wyrddni rhyfedd y madarch ar y waliau.

"*Orig?*"

"Sara o'r Coed. Ddylwn i fod yn syfrdan dy fod ti yma, siŵr o fod. Ond rywsut, mae'n gwneud synnwyr perffaith. Fi'n llai sicr pam bod Heti yma ... yw'r Caban Sianti'n dal i fod mewn un darn hebddi?"

"Gawson ni ..." cychwynnodd Sara, yn trio gwneud synnwyr o'r daith wallgo o Borth y Seirff. "Gawson ni ein dewis gan yr Arch-ddug i drechu'r Horwth."

"Yr *Horwth?*"

"Y peth mawr 'na sydd newydd geisio'n bwyta ni."

"O."

"Heti a fi, a dau grwt digon od – un o lys yr Arch-ddug a'r llall o fynachdy Dohi. A ... a Casus."

Rhoddais fy nwylo ar fy ngwar a gwenu o glust i glust.

"Ha! Dyna'r newyddion gorau i mi glywed ers dyddiau, Sara. Arwr Maes y Bwyeill? Y dyn drechodd Neidr Cwm y Brain? Gawn ni ein hachub o fewn dim, gei di weld."

"Orig ... roedd y cwbl yn dric. Mae Casus a'r Horwth ar yr un ochr."

Suddodd fy nghalon i wadnau fy esgidiau.

"Felly mae'n rhaid i *ni* drechu'r bwystfil," dywedais, yn rhowlio fy llewys i fyny.

"Na," atebodd Sara. "Fi wedi cael digon ar yr Horwth, a Casus, a'r Copa Coch. Fi'n cynnig ein bod ni'n dianc i ganol y tir gwyllt, a pheidio troi'n ôl. Mae'n rhaid bod 'na ffordd mas yn rhywle?"

"Falle bod ..." dywedais. "Falle wir. Ond mae'n rhaid i ni symud Heti yn gynta. Faint o ergyd gafodd hi? Ti'n meddwl gwneith hi ddeffro'n fuan? Os felly, mae gen i ddyled go swmpus yn y Caban Sianti. Fyddai'n well gen i petaset ti ddim yn ..."

Cyn i mi gael cyfle i orffen, eisteddodd Heti i fyny ac aeth ei llaw at friw ar ei phen. Wedi gwneud yn siŵr nad oedd dim byd mawr o'i le, cododd ar ei thraed, gan edrych o'i chwmpas yn orffwyll.

"Styllen," meddai. "Ble mae Styllen?"

"Ti wedi enwi dy arf?" gofynnodd Sara. "Enw gwreiddiol. Da iawn ti."

Edrychodd Heti i fyny a 'ngweld i am y tro cyntaf.

"Orig," meddai. Doedd hi ddim fel petai hi'n synnu fy ngweld i. "Dyna fy atgoffa – mae arnat ti dri o Seirff Aur i ni. A ..."

Rhoddodd ei llaw yn ôl yn erbyn ei phen. Disgynnodd

yn erbyn y wal. Edrychodd i fyny eto, y niwl o'i llygaid yn clirio mymryn.

"Beth yn y byd sy'n digwydd?"

"Ti wedi cael cnoc," eglurais, "ac mae 'na beth esbonio i'w wneud, o'r ddwy ochr, am wn i. Dewch gyda fi. Mae'r gweddill yn aros amdanon ni."

"Gweddill?" gofynnodd Sara.

Heb gwestiwn arall, dilynodd y ddwy fraich ym mraich wrth i mi eu harwain drwy dwneli cul a llaith, yn ddyfnach i grombil y Copa Coch.

LLEISIAU'R MYNYDD

Daeth y twneli'n oleuach wrth i ni fentro'n ddyfnach, a mwy o fadarch gwyrdd yn gorchuddio'r waliau. Yn ddigon buan, ar ôl i mi gael mwy o hanes Sara a Heti, daeth golau oren i'r golwg. Golau tân.

Daeth y tri ohonom o amgylch cornel i ganol ogof, lle roedd tân braf yn llosgi a chriw bach yn eistedd o'i gwmpas.

Abei, y torrwr coed penfelen mewn arfwisg o ledr tenau ac esgidiau ffwr. Toto, y saer maen, yn cnoi darn o wreiddyn ac yn poeri i mewn i'r tân. Ei wraig, Meli, yn estyn am garreg gadarn o'r llawr wrth i'r ddwy newydd gyrraedd yr ogof. A Shadrac yr offeiriad yn ei ŵn llaes, yn codi ar ei draed ac yn martsio tuag aton ni.

"Pwy yw'r rhain?" meddai. "Oes bwyd 'da nhw?"

"Gad lonydd, Shadrac," meddwn i. Roedd o wedi bod yn cleber am ei fol gwag ers cyrraedd. "A dwyt ti ddim eisiau bwyd gan Sara, coelia di fi."

Edrychodd Sara'n biwis am eiliad, cyn codi ei

hysgwyddau'n ddi-hid.

"Digon teg," meddai. "Mae pawb yn dweud hynny."

"Maddeuwch iddo fe," meddwn. "Rydym ni wedi bod yn llyfu'r lleithder oddi ar y waliau. Dyna'n hunig ddiod. Yn bwyta'r gwreiddiau bach du sy'n llechu o dan y cerrig 'ma, a'r madarch sy'n gorchuddio'r waliau. Dyw'r un ohonyn nhw'n arbennig o flasus, ac wrth i'r madarch fynd yn fwy ac yn fwy prin, mae'n dod yn dywyllach yma. Diolch byth bod Toto'n gwybod sut mae gwneud tân."

Daliodd y saer maen i syllu i'r fflamau.

"Dyw hi ddim yn anodd," meddai, "os oes fflint 'da chi."

Rhoddodd Meli fraich ar ei ysgwydd yn gariadus.

"Ti mor glyfar," meddai.

Gwenodd Toto am eiliad cyn edrych yn brudd unwaith eto.

"Siom bod dim plymar 'da ni. Fi wedi cael hen ddigon ar gyrcydu yn y gornel. Fyddwn i ddim yn mynd yn agos 'na, petaswn i'n chi."

"O, 'ngŵr i," meddai Meli, gan symud ei braich o ysgwydd Toto. "Ddyliwn i olchi dy geg di mas."

Cododd Abei ar ei thraed.

"Sara o'r Coed," meddai. "A Heti o'r Caban Sianti. Y bwystfil 'na wedi'ch cipio chi hefyd? Yw Porth y Seirff yn dal i sefyll?"

Offeiriaid y Deml Wlyb

Shadrac

Mali o'r Môr

Goyath
Ddirgel

Actac y Trochwr

Nanaba
Gloff

"Ydi, am wn i," meddwn i. "Ac maen nhw yma i'n hachub ni."

Eisteddodd Abei eto, ac estyn ei llaw er mwyn gwadd Sara a Heti i ymuno.

"Esboniwch bopeth," meddai.

Ac felly, o amgylch y tân, fe ddaethom i wybod am y siwrne i'r mynydd. Am ladron Coed y Seirff ...

Ffion: Er, chawsoch chi ddim fersiwn call o'r stori yna bryd hynny, chwaith?

Orig: Naddo'n amlwg.

... a'r frwydr yn erbyn y creaduriaid gwyrdd, a'r daith drwy'r bryniau, a'r mwydod, a'r tir yn llithro o dan y cert, ac am greigiau'r Copa Coch, ac ogof yr Horwth, a brad Casus.

Cafodd Sara a Heti ein hanes ni hefyd, yng nghanol pob dim ... er doedd 'na ddim llawer i'w ddweud. Roedd hi'n syfrdanol mai dim ond pump neu chwech o ddyddiau oedd wedi pasio ers i'r Horwth ein cipio ni. Yng nghhwmni'r criw yma – yn enwedig Shadrac – teimlai fel oes.

Roedd hi'n amlwg drwy'r cyfan fod sylw Sara wedi'i dynnu gan agoriad arall yn y graig, y tu ôl i ni, agoriad llawer mwy na'r llall, yn ddigon llydan i ddau neu dri allu pasio drwyddo ar unwaith.

O bryd i'w gilydd, daeth chwa o wynt oer drwy'r agoriad. A rhywbeth arall, *yn* y gwynt. Synau ochneidio cwynfanllyd. Sibrwd. Sgrechfeydd o boen ac o ddicter.

Pwyntiodd Sara tua'r agoriad. Siaradodd Shadrac cyn iddi hi gael cyfle i agor ei cheg, ei lais dwfn yn atseinio rhwng waliau'r ogof.

"Rwyt ti'n clywed y lleisiau hefyd. Eneidiau coll y Copa Coch. Mae melltith ar y lle 'ma ers canrifoedd. Fiw i ni fentro ymhellach."

"Well gen ti bydru fan hyn?" gofynnodd Abei. "Ble mae dy ddewrder di, ddyn? Dy ffydd?"

Plethodd Shadrac ei freichiau.

"Bwystfil mawr i un cyfeiriad," meddai, "yn disgwyl ein llarpio ni, yn union fel Samos druan. Fydde'r peth *wedi* gwneud petaen ni ddim wedi dod o hyd i'r hollt 'na er mwyn dianc. Y lleisiau 'na'r i'r cyfeiriad arall. Ddim yn llawer o ddewis, Abei. A beth bynnag, roedd 'na bleidlais ar y peth. Roeddech chi i gyd yno."

"Dyw hynny ddim yn hollol wir," meddwn i, a throi at Sara a Heti. "Mae 'na ddwy arall yma bellach. Ac mae 'da nhw yr un hawl i ddewis."

Aeth pawb yn dawel. Syllodd Meli a Toto ar y tân. Chwaraeodd Abei â'i hesgidiau. Yn y man, safodd Shadrac ar ei draed.

"Yn enw'r duwiau sych a gwlyb," meddai. "Iawn. Unwaith ac am byth, felly. Os ydych chi'n ffafrio aros yma gyda'n gilydd, codwch eich llaw. Fe gawn ni weddïo gyda'n gilydd, i ba bynnag dduwiau rydych chi'n eu dilyn. Cilio o'r byd yma yn dawel ac yn urddasol, a chamu gyda'n gilydd i deyrnas y meirw, yn rhydd o felltith y mynydd."

Cododd Shadrac ei law yn syth, gyda breichiau Meli a Toto yn dilyn.

"Dyw hi ddim yn swnio mor ddrwg â hynny," meddai Meli. "Mae bron yn rhamantus."

"Os wyt ti'n dweud," meddai ei gŵr.

Cododd Heti ei braich hithau.

"Os ydw i am farw," meddai, "gwell gwneud yn weddol gyfforddus."

Pedwar. Mwyafrif, yn dal i fod. Eisteddodd Heti, ac ysgydwodd Sara ei phen mewn anobaith.

"Codwch eich llaw," meddwn i gydag ochenaid, "os ydych chi awydd gadael yr hunlle 'ma, a gweld golau dydd eto. Wynebu pa bynnag wenwyn sydd yn y lleisiau yn y gwynt, beth bynnag sydd gan y mynydd i'w gynnig – yr Horwth, a Casus, a phwy bynnag arall sy'n ddigon gwirion i sefyll yn ein herbyn ni, a'u trechu."

Aeth fy llaw i fyny. Ac un gan Abei, a Sara. Gwenodd Shadrac yn hunanfodlon ...

Ac yna, yn ansicr ac yn grynedig, cododd Meli ei braich.

"Ydw i'n cael newid fy meddwl?" holodd. "Oherwydd mae hynny'n swnio'n ddigon rhamantus hefyd. Dychrynllyd ... ond rhamantus, ta beth."

"Os wyt ti'n dweud," meddai ei gŵr eto. Aeth ei law yntau i fyny.

"Ond," meddai Shadrac. "Ond, ond, ond ..."

Sleifiodd gwên fach hunanfodlon dros fy wyneb innau bryd hynny, mae'n rhaid cyfadde.

Cododd y gweddill ar eu traed. Diffoddodd Toto y tân, gan adael i'r madarch oleuo'r ffordd.

"Paratowch eich hun," meddwn i. "Mae cyfrinachau'r Copa Coch ar fin datgelu eu hunain."

Rhedodd Sara drwy'r agoriad, a thua'r synau rhyfedd. Dilynodd Heti, yn dal i hercian wedi'i chwymp i lawr y pydew.

"Does neb byth yn gwrando arna i ..." meddai o dan ei hanadl.

Aeth y gweddill ohonom ar ei hôl, a lleisiau'r mynydd yn nofio i'n cyfarfod ar y gwynt.

Y LLEISIAU AR Y DŴR

Roedden ni'n cerdded drwy un twnnel hir, yn erbyn y gwynt. Ac wrth deithio, aeth yr awel yn oerach, golau'r madarch yn wannach, a'r lleisiau'n llawer cliriach.

Trowch yn ôl, medden nhw. *Does dim byd yma i chi. Mae'r mynydd yn perthyn i ni.*

Doedd yr union eiriau ddim i'w clywed. Roedd e'n fwy o ... deimlad. Ton ar ôl ton o gasineb, a ffyrnigrwydd ... ac ofn. Beth bynnag oedd yng nghrombil y mynydd, doedd rhywun neu rywbeth ddim am i ni wybod amdano.

"Mae hyn yn hunlle," meddai Shadrac.

"Dim ond ysbrydion ydyn nhw," meddwn i. "Rydw i'n nabod llais ysbryd yn iawn."

Ffion: *Wedi gweld ambell ysbryd wyt ti, Orig?*
Orig: *Synnet ti ... y pethau sy'n dod i mewn drwy ddrws tafarn ...*

Chlywodd neb ond Shadrac mohona i, neu fe fydden nhw

wedi troi'n ôl ar eu hunion. Roedden nhw ymhell o'n blaenau ni, a Sara yn eu harwain i mewn i'r tywyllwch. Syllodd yr offeiriad yn ôl yn syn.

"Wneith ysbrydion ddim dy frifo di," meddwn i. "Ddylet ti wybod hynny, yn dy swydd di. Rhag dy gywilydd."

Yn y man, daethom at ogof arall, lawer mwy na'r llall, yn ddwfn yn y mynydd. Ychydig y gallwn ni ei weld o'r lle yng ngolau'r llond llaw o fadarch oedd ar ôl, ac roedd y pen pellaf ar goll mewn düwch llethol. Ychydig fodfeddi o'n blaenau, roedd y creigiau'n arwain i lawr yn serth at lyn tanddearol, a'r gwynt yn chwythu'n oer ac yn ysgafn dros y dyfroedd.

Roedd rhaid i'r saith ohonom wasgu'n agos at ein gilydd, a'r tonnau bach yn chwarae yn erbyn bodiau ein traed. Roedd y llyn wedi meddiannu'r lle bron yn llwyr.

"Diwedd y llwybr," meddai Abei. "Rhaid i ni droi'n ôl ..."

"Ond doedd dim llwybr arall," meddai Shadrac. "Coeliwch fi, ro'n i'n edrych am un. Ry'n ni wedi'n carcharu yn y mynydd 'ma am byth."

"Gefaist ti dy ddymuniad, felly," meddai Sara'n wawdlyd. "Llongyfarchiadau."

Cyn i Shadrac fedru ateb, daeth lleisiau – yn uwch ac yn gliriach nag o'r blaen – i nofio dros wyneb y dŵr. Roedden nhw'n rhegi ac yn melltithio mewn ieithoedd meirw. Ond roedd yr ystyr yn glir i bob un ohonom.

Pwysodd Toto yn erbyn ei wraig, hithau'n ei gymryd yn ei breichiau. Estynnodd Sara am badell ffrio o'i phecyn a'i dal o'i blaen fel arf. Gwnaeth Heti ei dwylo'n ddyrnau. Ymdrechodd Shadrac i ddianc, ond safodd Abei yn ei ffordd.

Syllais innau'n chwilfrydig, a syrthiodd cegau pawb arall ar agor wrth i ffurfiau ymddangos yn y tywyllwch.

Siapiau gwyn, aneglur, mewn dillad carpiog ac arfwisgoedd tyllog, ac arfau syml yn eu dwylo. Briwiau agored yn diferu gwaed. Eu llygaid yn llawn gofid, a balchder, a chasineb. Yn nofio drwy'r awyr, rai troedfeddi uwchben y dŵr, eu coesau'n llusgo y tu ôl iddyn nhw.

Dyma ein mynydd, medden nhw. *Ni roddodd ein bywydau drosto. Dros y pridd a'r creigiau a'r ehangder tywyll. Dros y dŵr oer, a'r hen lwybrau a'r twneli cudd oddi tano. Dros y trysor sy'n cuddio o dan wreiddiau ei wreiddiau. Dros y drws a thros yr allwedd. Chewch chi ddim mohonyn nhw. Maen nhw'n perthyn i ni.*

Heidiodd y siapiau tuag atom ... neu yn hytrach, tuag ata *i*. Roedden nhw'n chwyrlïo o'm cwmpas fel gwenyn. Ambell waith, mentrodd un ohonyn nhw i 'nghyffwrdd i, a'i fysedd meirw'n boenus o oer. Ffrwydrodd yr ysbrydion yn byffiau o niwl gwyn ar ôl fy nghyffwrdd, a disgyn ar wyneb y llyn.

Gwnaeth Heti a Sara ymdrech i fy achub i – Heti gyda'i dyrnau, a Sara â'i phadell. Ond doedd dim yn tycio.

Yna camodd Shadrac ymlaen, ei bengliniau'n crynu. Gwnaeth arwydd un o'r duwiau gwlyb o'i flaen ... a gweddïo.

"Yn enw Payat a Thala," meddai. "Diani, a Thurato. Yn enw duwiau dwfn y moroedd, y llynnoedd, y pyllau a'r afonydd sy'n teyrnasu droson ni ac oddi tanom ac o'n cwmpas. Rwy'n eich gorchymyn i adael, i basio drwy'r pyrth cudd i deyrnas y meirw ... a gadael i ni fyw."

Rhewodd y ffurfiau yn eu hunfan a throi yn araf tuag at Shadrac. Agorodd eu cegau, a daeth sŵn chwerthin allan. Hen sŵn, fel drws pren yn crafu ar draws llawr o lechi. Fel gwynt oer yn sibrwd drwy geunant.

Saethodd y ffurfiau yn eu blaenau, fesul un, a suddo i frest Shadrac. Aeth llygaid yr offeiriad yn wyn, a dechreuodd ei gorff wingo fel petai wedi'i daro gan fellten.

Cyn i unrhyw un fedru symud, camodd Shadrac yn ei flaen a disgyn ar ei hyd i mewn i'r dŵr dwfn. Suddodd corff yr offeiriad o dan yr wyneb, a diflannu o'r golwg.

Roedd gormod o ofn ar y criw i siarad. Yn y man, cododd colofnau o niwl gwyn o'r dŵr, ac ailffurfio yn siapiau'r milwyr.

Dyma ein mynydd ni, medden nhw eto.

Yna ffrwydrodd un o'r waliau wrth ein hymyl yn gant a mil o feini. Llenwodd yr ogof â sŵn hisian uchel, a daeth pry tân bach i mewn drwy'r hollt newydd. Hedfanodd mewn cylchoedd am ychydig eiliadau cyn i'w ffurf newid yn gyfangwbl.

Daeth yn aderyn tanllyd – ffenics o'r chwedlau – gan grawcian yn fygythiol. Yna trodd yn un o'r milwyr gwelw, a golau yn pelydru o'r fwyell a ddaliai uwch ei ben. Ac yn olaf, yn ddraig felen, ei hadenydd yn curo'n gyson ac yn bwyllog, a sbarciau o drydan yn neidio dros ei groen. Agorodd y ddraig ei cheg, a daeth ffrwd o dân melyn allan, yn sboncio dros y dŵr, yn goleuo'r siambr am eiliad, gan ddatgelu ei hanferthedd ... a dychryn yr ysbrydion i ffwrdd.

Gyda sgrech i oeri'r gwaed, ffrwydrodd y milwyr yn gymylau gwyn ac yna'n niwl mân, yn toddi ar wyneb y llyn.

Trodd y ddraig yn ôl yn bry tân. A'r tu ôl iddo, yn sefyll wrth ymyl mwydyn gwirioneddol enfawr oedd yn cnoi ar greigiau'n fodlon ac yn gwirioni ar y pry o'i flaen, roedd Pietro a Nad.

"Gyfeillion," meddai Pietro. Nodiodd ei ben yn ffug barchus.

"Bawb, dyma Dion," meddai Nad, wrth i'r mwydyn hisian eto. "Dion, dyma bawb."

ADUNIAD

Roedd hi'n anodd gwybod beth i'w ddweud gyntaf.

Roedden ni – heblaw am Shadrac druan – wedi goroesi ymosodiad gan y meirw byw. Roedd dau fachgen rhyfedd wedi ymddangos o nunlle a'n hachub i gyd. Eisteddai creadur hunllefus o'n blaen, yn chwarae'n ddedwydd gyda'r pry tân oedd yn hedfan o'i amgylch, ei lygaid yn chwyrlïo'n wallgof i bob cyfeiriad.

Sara siaradodd gyntaf.

"Y ddou genau bach! Ble roeddech chi?"

"Ddrwg gennyn ni am fod yn hwyr," meddai Nad. "Ond mae pethau wedi bod yn ... anodd."

"Be *oedd* y pethau 'na?" gofynnodd Pietro. "Maen nhw wedi bod yn parablu ers meitin, eu lleisiau nhw'n treiddio tuag aton ni drwy'r graig."

"Ysbrydion," meddwn i. "Ond ... dydw i erioed wedi clywed am ysbrydion yn lladd o'r blaen. Diddorol."

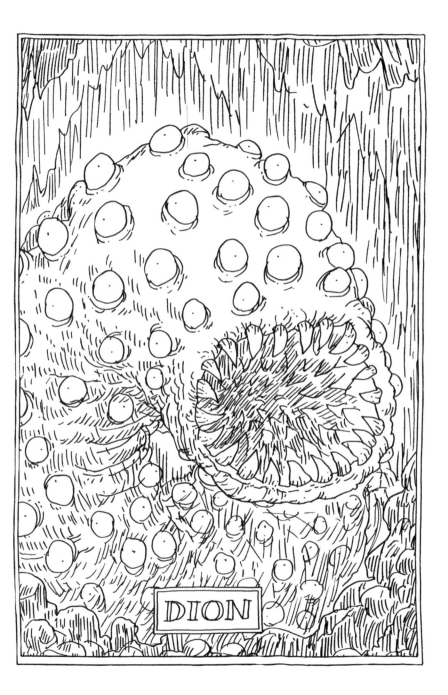

Ffion: '*Diddorol*'? *Nid 'trist', na 'hunllefus', ond 'diddorol'?*

Orig: *Rydw i wedi gweld marwolaeth droeon. Dyw e ddim yn newydd i fi.*

Ffion: Ti'n hen ddyn od.

Daeth distawrwydd anghysurus dros y criw. Edrychodd pawb o'u hamgylch, a thros y llyn, yn disgwyl i'r ffurfiau ailymddangos.

"Byddan nhw'n ôl," meddai Nad, "unwaith iddyn nhw ddeall nad draig go iawn sydd gen i."

"Sut wnes ti hynny?" gofynnodd Heti. "Y sioe oleuadau 'na? A gwybod y bydde fe'n eu dychryn nhw?"

"Y mynydd," atebodd Nad. "Mae'n ... *chwyddo* fy hud. Yn ei wneud yn fwy pwerus."

"Ydi wir?" holais. "Mwy diddorol fyth ..."

"Ac mae pawb ofn dreigiau. Ffaith."

Taflodd Nad ei law ymlaen, a sleifiodd y mwydyn tuag aton ni. Cymerodd pawb gam yn ôl bryd hynny – hyd yn oed fi – gyda Toto bron â disgyn i mewn i'r dŵr ei hun. Camodd ei wraig i'r adwy er mwyn ei achub, gan roi braich gefnogol o'i amgylch.

"Wyt ti'n medru rheoli'r peth 'na?" meddai'r saer maen.

"Doedd hi ddim yn hawdd i ddechrau," atebodd Nad. "Ond 'dan ni wedi dod i arfer efo'n gilydd. Y golau ydi'r unig beth mae o isio ... a dwi'n meddwl ei fod o'n gwbod mai fi sy'n ei reoli."

Chwifiodd ei law a diflannodd y pry tân. Trodd y mwydyn tuag ato, ei ddegau o lygaid yn pledio. Ochneidiodd Nad a chreu pry o'r newydd. Llithrodd Dion o'i amgylch yn hapus.

"Do'n i erioed yn meddwl y byddwn i'n dweud hyn," meddai Sara, "ond mae Nad yn iawn. Allwn ni ddim aros fan hyn."

"A does dim ffordd mas," meddai Toto.

Edrychodd pawb o'u cwmpas, yn astudio'r waliau eto rhag ofn bod hollt neu dwnnel cudd yn llechu yno.

Pietro ddaeth o hyd i'r ateb.

"Gwrandewch," meddai, gan roi llaw ar ochr y mwydyn er mwyn ei lonyddu. "Dŵr yn llifo."

Roedd e'n iawn. Heb yr ysbrydion yn gyrru gwyntoedd annaturiol tuag aton ni, roedd sŵn nant i'w chlywed, wedi'i chuddio rhywle yn y graig.

Rhoddodd Nad ei glust yn erbyn y graig, a'i symud o un man i'r llall, tan iddo fodloni ei hun bod y nant yn agos. Yna gyrrodd y pry tân tuag at y wal. Neidiodd pawb yn ôl mewn braw wrth i'r mwydyn dyllu i mewn i'r graig. Diflannodd i fyny ei dwnnel newydd, gan ddatgelu frwd o ddŵr yn llifo i lawr.

Baglodd Toto yn ei flaen, gan daflu llond ei ddwylo o

ddŵr i'w geg cyn ei boeri allan eto, a mwd a baw a cherrig mân yn llenwi ei geg.

"Ella y dyliet ti chwilio am ddŵr glanach," meddai Nad wrth basio. "Dydi deiet Dion ddim ymhlith y gorau."

Dilynodd Heti a Sara ar ôl Pietro a Nad, a'r pedwar teithiwr yn eiddgar i glywed hanesion ei gilydd. A chofio bod tywyllwch y mynydd wedi cau o'u cwmpas, yr oerfel yn treiddio i'w hesgyrn, ac ysbrydion cas yn llechu y tu ôl iddyn nhw, roedden nhw mewn hwyliau gweddol dda. Er gwaethaf popeth, roedden nhw wedi goroesi, wedi teithio ymhellach a byw yn hirach nag yr oedd neb wedi'i ddisgwyl.

Gan gynnwys Casus, yn amlwg.

"Alla i ddim credu'r peth," meddai Pietro. "Casus a'r Horwth ar yr un ochr?"

"Dyn wedi ffurfio cyswllt mor gryf 'da chreadur mawr hyll," meddai Heti. "Hurt, on'd yw e?"

O'u blaenau, trodd y mwydyn i syllu tuag at Heti a dangos ei ddannedd yn fygythiol. Daliodd Heti ei dwylo o'i blaen.

"Mae'n ddrwg gen i," meddai. "Do'n i ddim yn ei feddwl e."

Wedi'i blesio, aeth Dion yn ôl at dyllu drwy'r graig o'i flaen. Saethodd Pietro a Nad wên at ei gilydd.

"Y dynion 'na sy'n fy mhoeni i," meddai Sara. "Y creaduriaid gwyrdd yn y niwl. Pwy oedden nhw? Pam oedden nhw ar ein holau ni?"

"Ddes i o hyd i hwn ar gorff un ohonyn nhw," meddai Pietro, gan dynnu'r rholyn papur o'i boced. "*Help.* Dyna mae'n ei ddweud, os doeddech chi ddim yn gwbod."

Cipiodd Sara y rholyn oddi wrtho.

"Welais i Casus yn rhoi papur tebyg iawn i hwn," meddai, "ar goes gwylan yng Nghoed y Seirff. Roedd e'n ei yrru at yr Arch-ddug ..."

"Be os mai celwydd oedd hynny?" cynigiodd Nad. "Anodd credu, dwi'n gwbod."

Meddyliodd Sara'n galed, yn crensian y papur yn belen yn ei llaw.

"Beth os oes gweision 'da Casus?" meddai, "i wneud ei holl negeseuon ... ac ymladd drosto pan mae e eu hangen nhw? Beth os mai atyn *nhw* aeth ei neges?"

"A nhw'n ein cyrraedd," meddai Nad, "ar gefn yr Horwth. Wedi'u cuddio dan siapiau'r pethau gwyrdd 'na."

"I drechu pa bynnag rai ohonon ni oedd ddim yn ddigon da i ymuno â Casus a'i griw," ychwanegodd Pietro.

"Roedd trechu'r Horwth ar ei ben ei hun yn ddigon anodd," meddai Sara. "Ond yr Horwth, Casus, *a'i* weision? Does 'da ni ddim gobaith."

"Dianc amdani, felly," meddai Pietro. "Mynd yn ôl i Borth y Seirff – neu i Fryn Hir, neu at y Rhegeniaid ... neu i'r

Ymerodraeth, hyd yn oed. Adrodd ein hanes. Mwstro byddin i drechu'r bwystfil a'i feistr unwaith ac am byth."

"Oes rhaid i *ni* ymladd?" gofynnodd Heti.

"Gobeithio ddim," meddai Nad.

"Dyna ni, felly," meddai Heti, a gwên fach yn chwarae ar ei gwefusau. "Ni'n gytûn. Syniad gwych, Pietro."

Yna tyllodd Dion drwy haen arall o graig. Llifodd y nant yn ffyrnicach heibio'n traed, a daeth ambell lygedyn o olau i mewn i'r twnnel, a Nad yn brwydro i rwystro Dion rhag mynd yn wyllt.

Mentrodd pedwar arwr Porth y Seirff yn eu blaenau, a'r gweddill ohonom yn dilyn. Roedd siafft yn ymestyn i fyny, a bwced a rhaff yn ymestyn o'r top gyda phydew tywyll yn disgyn i lawr oddi tano. Ymhell o dan ein traed, roedd sŵn diferu a dŵr yn corddi i'w glywed yn glir.

"Ffynnon," meddai Sara.

"Dyw'r siafft ddim yn un naturiol," meddai Toto. "Ond mae'n newydd, ac yn ormod o waith i un dyn. Sy'n golygu ..."

" ... nad Casus yw'r unig un yma," meddai Abei.

Gafaelodd Sara yn y rhaff a dringo i fyny'n ddiymdrech. Hanner ffordd i fyny'r siafft, edrychodd i lawr.

"Fydd rhaid iddyn nhw fod yn ofalus felly," meddai. "Does 'da nhw ddim syniad beth sy'n dod."

Chwarddodd Abei yn uchel. Curodd Meli ei dwylo.

"Ydi hi wir yn disgwyl i ni ddringo'r rhaff 'na?" cwynodd Heti.

"Does dim rhaid i ni," meddai Nad. Taflodd ei law i fyny, a daeth llu o oleuadau i'r golwg o amgylch waliau'r ffynnon, fel sêr bach yn disgleirio yn y gwyll. Brathodd Dion drwy waelodion y siafft, yn troelli wrth ddringo i fyny, ei gorff meddal, blonegog yn culhau ac yn ymestyn wrth wneud.

Wedi gorffen, roedd corff y mwydyn wedi siapio ei hun yn rhywbeth nid annhebyg i risiau troellog, a'i lygaid mawr yn rhoi llefydd cyfleus i ni roi troed neu law wrth ddringo.

Syllodd pawb i fyny, ein cegau i gyd yn llydan agored.

Trodd Heti at Nad.

"Diolch," meddai, a chyfog yn dod i'w cheg wrth iddi weld yr holl faw a'r llysnafedd yn gorchuddio corff y mwydyn. "Mae hynny *gymaint* gwell."

Y GWEISION

Gwthiodd Sara ei phen uwchben y ffynnon ac edrych o'i chwmpas.

Roedd hi mewn twnnel eang, gydag ambell fwrdd o bren garw wedi'i osod ar ei hyd, a ffaglau wedi'u goleuo ar y waliau. Ar y byrddau roedd grawnwin, casgenni cwrw, a choesau adar rhost.

"Oedd rhywun yn llwglyd?" meddai Sara. "Mae 'na fwyd yma."

Daeth gwaedd o hapusrwydd o'r ffynnon.

"Bydd yn ofalus," meddai Nad oddi tani. "Mae'n siŵr bod 'na bobl yna, felly."

Wrandawodd Sara ddim. Roedd ei chwant bwyd yn rhy gryf.

Llamodd allan o'r ffynnon a brasgamu tua'r bwrdd agosaf, cyn taflu grawnwin i'w cheg. Roedd y sudd yn llifo i lawr ei gên ac yn diferu hyd fodiau ei thraed cyn iddi glywed lleisiau'n nofio i lawr y twnnel.

Croestoriad o'r Mynydd

a. Ogof yr Horwth
b. Pydew
c. Siambr
ch. Llyn
d. Criw Porth y Seirff
dd. Ffynnon
e. Swyddfa
f. Barics
ff. Taith Dion
g. Cronfa ddŵr

"Dwi'n falch bod y bos yn ôl," meddai un. "Ond dydw i erioed wedi'i weld o fel hyn."

"Na fi," meddai'r llall. "Mae'n rhaid ei fod o'n gaeth i'r stwff 'ma."

"Dyna'r botel ola am y tro, felly well iddo fo ddod dros y peth."

Edrychodd Sara tua phen y twnnel mewn braw, a gweld cysgodion yn dod o amgylch y gornel. Gwibiodd tua'r ffynnon, a dyrnaid o rawnwin yn dal yn ei llaw. Neidiodd i mewn a glanio ar ben Nad druan, cyn lapio ei hun o amgylch pen y mwydyn er mwyn ei sadio ei hun.

"Aw," llefodd Nad.

"Shh," meddai Sara. "Pobl."

"O," sibrydodd Nad. "Pwy fyddai'n meddwl?"

Sbeciodd Sara uwchben y ffynnon. Roedd dau ddyn moel yn camu'n bwrpasol tuag ati, y ddau mewn gwisgoedd llaes, drud yr olwg. Cariai un botel wydr yn ei law, yn hanner llawn hylif clir.

Plygodd Sara eto cyn i'r dynion gael cyfle i'w gweld.

"Gafodd o fwy o drafferth nag arfer tro 'ma," meddai un.

"Gafodd *o* drafferth? Be am yr hogia aeth ar y daith i Fryniau'r Hafn? Ddaethon nhw byth yn ôl."

"Gwynt teg ar eu holau nhw. Mwy o'r wobr i bawb arall. W, drycha – cig fforws."

Gwrandawodd Sara wrth i'r ddau gnoi'r cig yn swnllyd, yn siarad gyda'u cegau'n llawn.

"Felly mae'r bos am fynd 'nôl i Borth y Seirff?"

"Ydi. Y drefn arferol – mynnu ei fod o wedi trechu'r creadur, casglu ei wobr, wedyn hedfan i rywle arall a gwneud y cyfan eto. Yn y cyfamser, 'dan ni a'r creadur angen 'i heglu hi o 'ma, er mwyn i'r cymylau ddiflannu o amgylch y copa."

"Dyna'r unig dystiolaeth maen nhw ei hangen? Ffyliaid."

"Fydda i'n falch o adael. Mae 'na un neu ddau o'r hogia wedi ... diflannu. A dwi 'di bod yn ... clywed pethau. Lleisiau fel petaen nhw'n dod o waelodion y mynydd."

"Nid ti ydi'r unig un. Mae Nishan yn dweud ei fod o wedi gweld ... *rhywbeth* ... yn ymddangos o'i flaen. Milwr, medda fo. Mewn dillad carpiog, cleddyf yn ei law ..."

"Tro nesa, gawn ni fynd i rywle cynnes? *Heb* ysbrydion?"

Ffion: *Dwi'n synnu bod cymaint wedi heidio yma, i lethrau mynydd yn llawn meirw byw.*

Orig: *Coelia fi, mae'n well na Phorth y Seirff.*

Cymerodd un o'r dynion lowc mawr o gwrw cyn ei boeri allan eto.

"Rhywle heb gwrw sy'n blasu fatha traed," meddai. "Aros funud. Dwi angen cegaid o ddŵr."

Syllodd Sara i fyny mewn braw wrth i'r dyn gamu tuag at y ffynnon. Roedd gweddill y teithwyr yn syllu'n ôl tuag ati. Doedd nunlle i'w droi.

Caeodd Nad ei lygaid. Mwmiodd eiriau tawel o dan ei anadl, a daeth llais oeraidd o ben arall y twnnel.

Dyma ein mynydd ni.

Trodd y dyn yn ei unfan i weld ysbrydion yn llenwi'r twnnel. Rhewodd ei ffrind ac yntau yn eu hunfan, a braw yn gafael yn eu calonnau.

Mentrodd Sara uwchben y ffynnon unwaith eto. Roedd y dynion wedi troi oddi wrthi, yn syllu'n grynedig o'u blaenau.

Chwarae teg i Nad. Roedd ei "ysbrydion" ffug yn wirioneddol frawychus, yr un sbit â'r rhai o'r llyn oddi tanyn nhw. A'u lleisiau yr un mor oeraidd.

Mae'n perthyn i ni, medden nhw. *Y mynydd. Y drws. Yr allwedd.*

Yng ngwres y funud, cafodd Sara syniad gwallgo. Llamodd allan o'r ffynnon a glanio'n dawel ar flaenau ei thraed.

Y twneli a'r ogofeydd. Y tywyllwch a'r cysgodion.

Estynnodd Sara law i'w sgrepan a thynnu'r peli tân allan – y mwyar o Goed y Seirff. Defnyddiodd asgwrn fforws i falu'r peli'n bowdwr, a'u gollwng yn y mygiau cwrw ar y bwrdd.

Y nentydd. Yr afonydd. Y ... yr allwedd.

"Ddywedaist ti hynny'n barod," sibrydodd Pietro yng

nghlust Nad. Roedd y consuriwr yn colli gafael ar ei swyn. Brysiodd Sara at y ffynnon eto, a neidio i mewn.

Diflannodd yr ysbrydion. Disgynnodd un o'r dynion ar ei liniau, ac ofn wedi'i feddiannu'n llwyr. Aeth y llall at y bwrdd.

"Fydda i angen rwbath cryfach ar ôl hwnna," meddai. "Dim ots sut mae'n blasu."

Cymerodd lymaid fawr o'r cwrw. Cododd ei gyfaill ar ei draed a gwneud yr un peth.

"Ty'd," meddai un. "Mae angen i'r bos wybod am hyn. Ac mae'n rhaid i ni adael. *Rŵan.*"

Brysiodd y ddau i lawr y twnnel ac i mewn i'r tywyllwch. Doedd hi ddim yn hir cyn i'r peli tân wneud eu gwaith. O'u cuddfan, clywodd y teithwyr ddau gorff yn taro'r llawr.

Fesul un, dringodd pawb allan o'r ffynnon. Mentrodd Pietro tua'r cyrff a'u pwnio gyda blaen ei droed.

Trodd yn ôl at Sara.

"Sut roeddet ti'n gwybod be i'w wneud?" gofynnodd.

Cododd Sara ei hysgwyddau. "Alla i ddim esbonio'r peth. Roedd hi fel petai rhywbeth yn fy ngyrru ymlaen, llais bach yng nghefn fy meddwl yn dweud y byddai popeth yn iawn."

"Ewyllys Dohi, siŵr o fod. Doeddwn i ddim yn meddwl y byddet ti'n gwneud rhywbeth mor eithafol. Ro'n i'n meddwl bod bywyd yn sanctaidd i ti."

Camodd Heti y tu ôl i Sara a'i tharo ar ei hysgwydd.

"Ymladd neu farw," meddai'n falch. "Dyna'r unig ddewis."

Neidiodd Heti yn ei chroen wrth glywed un o'r gweision yn rhochian cysgu ar lawr.

"Ddywedais i erioed bod y mwyar yn *lladd* pobl," atebodd Sara, yn falchach fyth.

FFAU CASUS

Cipiodd Pietro'r botel wydr oddi ar gorff cysglyd un o'r gweision.

"Hud mewn potel," meddai. "Eto."

"*Dyna* beth mae Casus yn gaeth iddo fe?" gofynnodd Heti.

"Dyna oedd yn ei fflasg, mae'n rhaid," meddai Sara. "Ond pam?"

"Gawn ni ofyn iddo fo'r tro nesa y gwelwn ni o," meddai Nad, "neu gawn ni werthu hwn a phrynu castell bach. Un o'r ddau."

"Mae digon o amser i drafod y peth wedyn," meddai Pietro. "Mae'n rhaid i ni ddianc. Nad, dwi ddim yn meddwl bydd Dion yn medru dod efo ni. Dim os 'dan ni isio gadael heb dynnu pawb a phopeth yn y mynydd 'ma ar ein pennau."

Syllodd Nad tua'r llawr a chicio'i draed yn erbyn y creigiau. Aeth Pietro ato a rhoi llaw ar ei ysgwydd.

"Dwi wedi fy siomi gymaint â tithau," meddai, "ond ..."

Edrychodd Nad i fyny, a golwg benderfynol yn ei lygaid.

"Gad hyn i fi," meddai. Gwnaeth ei ffordd at y ffynnon a dweud ei ffarwél wrth i'r gweddill ohonom baratoi i adael, gan gipio ambell geiniog o bocedi'r cyrff ar y ffordd. Gwisgodd Pietro ei hun yn nillad crand un o'r gweision. Cymerodd Sara gyllell oddi ar gorff y llall. Yn ddiseremoni, aeth Heti at y bwrdd a'i droi drosodd, gan dywallt grawnwin a chig a chwrw i bob cyfeiriad. Rhwygodd goesau'r bwrdd oddi arno a daliodd y slabyn anferth o bren o'i blaen fel tarian.

Syllodd pawb tuag ati'n syn.

"I rwystro cleddyfau," meddai, "a phethau felly."

"Tarian," meddwn innau.

"Dyna ti," atebodd Heti. Safodd Nad wrth ei hymyl, golwg fodlon ar ei wyneb. "Nawr, dilynwch fi. Gadwa i chi'n ddiogel."

Hanner awr yn ddiweddarach, a ninnau wedi mynd ar goll sawl gwaith, roedd rhaid i Heti gyfaddef nad oedd ganddi syniad lle i fynd.

Yn y man, wedi dringo'n uwch ac yn uwch, daethom drwy hap a damwain at siambr oleuach na'r gweddill. Roedd ffaglau ar y waliau, matres yn y gornel, a bwrdd syml yn y pen arall wedi'i naddu o'r graig, a hen bapurau a memrynau wedi eu taenu ar ei draws. Oddi tano roedd ambell botel wag mewn pentwr ar lawr.

Camodd Pietro yn ei flaen a byseddu drwy'r papurau.

"Stafell grand," meddai Abei, "o'i gymharu â gweddill y lle 'ma."

"Pwy sy'n byw yma, tybed?" gofynnodd Meli.

"Casus," meddai Pietro. "Dyma ei siambr bersonol."

Trodd i'n hwynebu gan ddal dau o'r papurau o'i flaen. Roedd lluniau o fwystfilod brawychus arnyn nhw. Un yn flewog, gyda dwy dafod hir yn nadreddu o'i geg. Y llall yn llyfn, a smotiau o lysnafedd dros ei gorff du.

"Bwystfil y Gwacter," meddai Pietro, yn darllen y geiriau uwchben y darluniau. "Y Sarff Waed-Ddu."

Cododd bapur arall, ac arno drydydd bwystfil – un wedi'i wneud o belydrau golau, a dau lygad coch yn disgleirio'n loywach fyth.

"A'r Ddraig Amhosib."

Gadawodd i'r papurau ddisgyn. Roedd y creaduriaid arnyn nhw'n edrych yn ddigon gwahanol ar y dechrau ... tan i chi weld yr holl bethau oedd yn debyg. Yr adenydd. Y gwddw chwyddedig. Y crafangau blaen bach, a'r coesau ôl anferth.

"Ai fi yw e," meddai Sara, "'ta ydyn nhw'n edrych fel ... yr Horwth?"

Nodiodd Pietro.

"Yr un creadur ydyn nhw i gyd," meddai, gan ddal y botel o'i flaen. "A'r hud yma'n newid ei siâp bob tro, fel bod neb yn gwybod. Mae Casus yn ffugio ei ladd, casglu'r wobr, a symud ymlaen. Ond dyw e ddim yn medru gwneud popeth ar ei ben ei hun. Mae angen y *syrcas* 'ma o'i amgylch o drwy'r amser. Y gweision sy'n gwrando ar bob gair o'i geg, yn brwsio'i ddannedd, yn sgwrio'i ben-ôl ..."

"Pietro!" meddai Meli. "Gwylia dy *iaith*!"

Cymerodd Pietro anadl ddofn i'w sadio ei hun cyn parhau.

"Roedd y cyfan yn gelwydd. Mae angen i'r byd wybod."

Mewn hanner cylch o'i amgylch, syllodd pawb at y mynach ifanc. Doedd yr un ohonom – gan fy nghynnwys i – wedi meddwl y byddai erioed wedi medru edrych mor ... arwrol.

Ffion: *Y dillad newydd, mae'n rhaid.*
Orig: *Mae'n rhaid.*

Ond yn y tawelwch ar ôl araith Pietro, daeth sŵn traed i atseinio drwy'r twnnel, a lleisiau cras yn cyfarth gorchmynion.

"Rhowch wybod i Casus. Rŵan! Mae'r carcharorion wedi dianc!"

"Ar eu holau nhw!"

Rhewodd pawb yn eu hunfan. Roedd mwy o weision Casus ar ein holau.

Fi ysgydwodd bawb o'u perlewyg.

"Rhedwch," meddwn drwy fy nannedd.

Dyna wnaethon ni. Drwy dwneli cul a siambrau gwlyb, i lawr llethrau serth ac i fyny grisiau geirwon.

Ar ôl wyddwn i ddim faint o redeg, daeth arogl chwerw cyfarwydd i ymosod ar ein synhwyrau. Baw yr Horwth.

"Dilynwch fi," meddai Sara. Roedd hyd yn oed hi yn brin ei gwynt erbyn hyn, heb sôn am Meli a Toto yn rhedeg law yn llaw y tu ôl i ni.

Daeth pawb i'r brif ogof yn un darn, gyda gweision Casus ar ein holau, eu rhegi a'u sgrechfeydd yn ddigon i oeri'r gwaed. Roedd yr haul yn codi, ei olau'n tywynnu ar y pentyrrau o faw yn llenwi'r siambr.

Sgrialodd pawb i stop wrth ymyl y pydew yng nghefn y siambr. Roedd gweddill dilynwyr Casus o'n cwmpas, yn ddynion moel i gyd, â gwallgofrwydd lond eu llygaid.

Cododd Heti'r styllen ollyngodd hi yn ystod y frwydr gyda'r Horwth. Trodd i wynebu ei gelynion, ei harf yn un llaw a'r bwrdd yn y llall. Daliodd y styllen uwch ei phen a rhoi bloedd ryfelgar, wrth i'r gweddill ohonom ymgasglu o'i hamgylch.

Bloeddiodd y gweision yn ôl cyn oedi a thawelu, wrth i sgrech lenwi'r ogof.

Hedfanodd yr Horwth i mewn i'r siambr, a Casus ar ei gefn.

YR ARWR A'R ANGHENFIL

Glaniodd yr Horwth ar ei foncyffion o goesau, yr ergyd yn ysgwyd y tir o dan ein traed a Casus yn dal ei afael drwy'r cyfan.

Gwenodd o glust i glust wrth ddringo oddi ar gefn y bwystfil. Ond wrth gyffwrdd y llawr, aeth ias drwyddo. Disgynnodd ar ei liniau, ei gorff yn gwingo, cyn defnyddio ei holl egni i godi ar ei draed.

"Doeddwn i ddim yn disgwyl i chi fynd ymhell," meddai. Roedd ei lais yn wahanol i'r arfer. Yn *deneuach*, rywsut. "Dydi'ch math chi byth ymhell pan mae 'na gyfle i ymyrryd."

Disgynnodd eto, ei law yn gafael yn ei frest.

Edrychodd rhai o'i weision yn ansicr. Ond nid y tri ar y rheng flaen. Y rhai mwyaf. Yr arweinwyr. Disgleiriai haearn eu harfau yng ngolau'r wawr wrth iddyn nhw gerdded yn eu blaenau.

Daeth Heti i'w cyfarfod. Trawodd ei styllen yn erbyn ei

tharian, a gosod ei thraed yn gadarn yn erbyn y llawr.

"Mae wedi bod yn rhy hir," meddai wrthi'i hun wrth i'r gweision ruthro tuag ati. "Gobeithio 'mod i'n cofio sut mae gwneud hyn."

Rhoddodd Heti sgrech. Chwifiodd ei styllen o'i blaen mewn un hanner cylch mawr, gan lorio dau o'r gweision i'r llawr wrth wneud. Gwthiodd ei "tharian" yn erbyn gên un arall. Disgynnodd hwnnw gan boeri hanner ei ddannedd allan. Chwifiodd Heti'r styllen unwaith eto wrth i fwy a mwy o'r gweision ymuno, a'r rheiny'n gorfod camu dros bentwr o gyrff anymwybodol er mwyn ei chyrraedd.

Orig: Trueni nad oeddet ti yno, Ffion. Doeddwn i erioed wedi gweld y fath beth. Roedd ei hymladd hi'n gelfyddyd, yn ddawns, yn ddarlun wedi'i baentio mewn coch.

Ffion: Ych. Waeth i ti ei phriodi ddim.

Yn ddigon buan, doedd neb arall ar ôl i ymladd yn erbyn Heti.

Neb ond Casus.

Tynnodd hwnnw ei fwa croes oddi ar ei gefn. Saethu. A llwytho. Saethu. A llwytho. Saethu. A llwytho.

Suddodd pob un o'r bolltau yn ddiniwed i mewn i'r darian.

Gweision yr Horwth

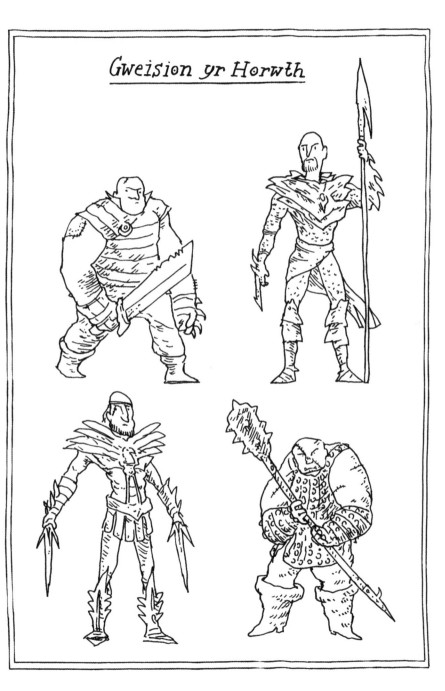

Orig: *Ysblennydd. Gwirioneddol ysblennydd.*

Ffion: *Orig ... wnest ti* ddim *ei phriodi hi, naddo?*

Orig: *Dwyt ti ddim eisiau sbwylio'r stori, nac oes?*

Ffion: *YCH!*

Aeth Casus i ymestyn am follt arall. Dim ond un oedd ar ôl. Newidiodd ei feddwl, ac aeth am garn ei gleddyf gan wenu'n filain.

"Wna i ddim gwastraffu'r follt ola arnat ti," meddai. Tynnodd ei gleddyf allan a chamu yn ei flaen. "Wna i ddim ..."

Suddodd ar ei liniau. Gollyngodd y cleddyf, a chrafangodd ei ddwylo yn erbyn y llawr, a sŵn tagu gwlyb yn dod o gefn ei wddw.

Dechreuodd ei gorff newid o'n blaenau ni. Ei wallt du yn troi'n wyn. Ei ysgwyddau'n suddo. Ei gorff yn crebachu. Croen ei ddwylo'n teneuo ac yn magu rhychau.

Wedi iddo orffen crynu, cododd ei ben. Syllodd tuag atom ac atgasedd yn llosgi'n ddwfn yn y llygaid 'na. Yr un llygaid ag o'r blaen ... ond wyneb hollol wahanol. Wyneb hen ddyn.

"Dyna pam roedd o'n yfed o'r fflasg 'na," meddai Pietro, y gwir yn ei daro'n sydyn. "Mae'n newid ei siâp. Rhaid ei fod o'n gaeth i'r stwff."

"Fi'n gweld pam," meddai Sara, gan groesi ei breichiau'n heriol. "Fyddwn *i* ddim yn dilyn hen ddyn musgrell fel'na."

Cododd Casus yn sigledig. Syllodd at ei ddwylo crychlyd ac ar fysedd hir, esgyrnog doedd o ddim wedi'u gweld ers blynyddoedd maith.

Rhythodd i gyfeiriad ei weision. Roedd ambell un yn codi'n boenus o'r pentwr o gyrff … ac yn gadael, yn sleifio i dwneli'r mynydd ac at y llwybrau tanddaearol cudd fyddai'n arwain i'r tir gwyllt. Wrth wneud, saethai pob un olwg flin tuag at Casus – yr hen ddyn a'u twyllodd nhw, a'u cymell i ymladd, i roi eu bywydau drosto.

Hen ddyn. Dyna'r oll.

"Llwfrgwn!" bytheiriodd Casus. "Y slebogiaid di-asgwrn-cefn! Dydych chi ddim yn haeddu llyfu'r baw oddi ar fy sgidia!"

Trodd Pietro tuag at Toto, Meli, Abei, a minnau.

"Ewch," meddai. "Cuddiwch. Ni gafodd ein gyrru yma, nid chi."

Gyda'i gilydd, rhuthrodd Meli a Toto tuag at bentwr o garthion a chuddio y tu ôl iddo, tra bod sylw Casus ar ei weision. Dilynodd Abei, fymryn yn anfodlon, a minnau ar ei hôl. Doeddwn i ddim wedi bod mewn brwydr ers talwm. Fydden i'n fawr o werth iddyn nhw.

"Dwi'n dal yn medru ymladd," meddai Casus yn grynedig, gan estyn ei gleddyf o'r llawr. "Dwi'n dal … yn medru … ymladd!"

Doedd o ddim yn dweud celwydd.

Llamodd tuag at Heti, y cleddyf uwch ei ben, cyn dod â'i arf i lawr yn erbyn ei tharian. Aeth ati a hacio a thorri'n arbennig o gyflym, a chysidro ei henaint, gan lwyddo i dafellu darnau mawr o bren oddi ar y bwrdd. Roddodd o ddim cyfle i Heti ymladd yn ôl. Aeth ei holl egni ar rwystro ei hymosodiadau hi ... a chyn i unrhyw un arall fedru gwneud dim, ychydig iawn o'r darian oedd ar ôl.

Cododd Casus ei gleddyf gan wenu, a'i blannu'n ddwfn i weddillion y darian. Gyda'i wên yn diflannu, glynodd y cleddyf yn ei ganol. Bytheiriodd Casus, yn stryffaglu i'w dynnu o'r pren.

Cymerodd Heti ei chyfle. Anelodd gic at frest Casus a gollyngodd yr hen ddyn ei afael ar y cleddyf. Disgynnodd yn ei ôl a glanio'n swp ar y llawr caregog.

Dihangodd ambell un arall o'i weision, gan hercian yn boenus tuag at yr ogofeydd.

"Dydw i ddim eich angen chi," poerodd Casus rhwng ei ddannedd. "Doeddwn i erioed angen yr un ohonoch chi, pan mae *o* gen i."

Curodd ei ddwylo, a rhoddodd yr Horwth sgrech hir, a chwmwl o fwg yn codi o'i geg. Rhoddodd naid i mewn i'r awyr a phlymio fel seren wib – tuag at Heti.

Rhoddodd Pietro a Sara sgrech. Gwyliodd pawb wrth i

Heti lamu o'r ffordd – fymryn yn rhy hwyr. Llwyddodd i osgoi ceg agored y bwystfil, ond taranodd yr Horwth yn ei herbyn gan ei thaflu i'r awyr fel bat yn taro pêl.

Glaniodd Heti wrth ein traed. Doedd hi ddim yn symud.

Trodd yr Horwth tuag atom, a thon ar ôl ton o fwg yn llifo o'i geg wrth iddo baratoi i ymosod ...

Yna, ysgydwodd y tir o dan ein traed. Camodd pawb yn ôl yn betrusgar. Pawb ond Nad, oedd yn chwifio'i fysedd o'i flaen ac yn mwmian o dan ei anadl.

Nofiodd llygedyn o olau i fyny drwy'r llawr o'n blaenau ...

... a saethodd Dion y mwydyn ar ei ôl, mewn ffrwydrad o gerrig mân a chreigiau mwy. Ymosododd ar yr Horwth, ei ddannedd miniog yn clwyfo bol y bwystfil yn ddwfn. Daeth gwaed tywyll, bron yn ddu, i gymysgu â'r mwg a'r cerrig.

Diflannodd Dion yn ôl i mewn i'r tir, a disgynnodd yr Horwth ar ei ochr, yn sgrechian mewn poen.

BRWYDR Y
BWYSTFILOD

Crynodd y creigiau oddi tanom wrth i Dion dyllu, a Nad yn
ei lywio wrth yrru goleuadau bach drwy'r tir.

"Ers faint mae o wedi bod yn ein dilyn?" gofynnodd Sara.

"Byth ers y ffynnon," atebodd Nad. "Doeddet ti ddim yn
meddwl y byddwn i'n ffarwelio efo fo mor hawdd â hynny?
Rŵan esgusoda fi, mae gen i frwydr i'w hennill."

Neidiodd Dion i fyny unwaith eto. Y tro yma, roedd yr
Horwth yn barod. Llamodd yntau i'r awyr, a'r gwaed yn
diferu o'i fol. Lapiodd ei draed enfawr o amgylch y mwydyn
a'i daflu yn erbyn y llawr. Llwyddodd Dion i lithro o'i afael
a thwrio o dan y ddaear unwaith eto.

"Rho funud i mi," meddai Nad, yn synhwyro Sara'n syllu
ato.

Rhuthrodd Pietro at ochr Heti. Doedd dim arwydd o
fywyd ynddi. Gosododd y mynach ei stwmpyn o law yn
erbyn ei hanafiadau. Cynigiodd weddi i'r dduwies Dohi,

Brwydr y Bwystfilod

a daeth golau i amgylchynu'r ddau oedd yn ddigon i'n dallu. Pelydrai'r golau'n donnau o'i fraich ac o'r symbol ar ei ben.

Yng nghanol y gwallgofrwydd, sleifiodd Casus tuag atom a chipio'r botel wydr oddi ar Pietro. Pylodd ei olau wrth i'r mynach edrych i fyny.

A'r botel yn un llaw, tynnodd Casus gyllell o'i felt gyda'r llall. Anelodd ergyd at wyneb Pietro ...

... ond roedd Nad yno'n gyntaf. Torrodd y gyllell hollt newydd yn ei wyneb. Cododd ei ddwylo at ei geg, a'r gwaed yn diferu drwy ei fysedd wrth i Casus godi'r gyllell ac anelu ergyd arall.

Ffion: Na! Wnaeth Nad ddim marw, naddo? Fo ydi fy ffefryn!
Orig: Wir? O bawb? Nad?
Ffion: A tithau, wrth gwrs. Rŵan cau dy geg, a dos 'mlaen efo'r stori.
Orig: Alla i ddim gwneud y ddau beth ar unwaith, Ffion.
Ffion: Orig ...

Cipiodd Sara'r botel o law Casus. Rhewodd yntau wrth iddi redeg tuag at lethrau'r mynydd.

"Cymer ofal ohonyn nhw, Pietro," gwaeddodd dros ei hysgwydd. "A gad hyn i fi."

Doedd Casus ddim fel petai wedi'i chlywed. Brasgamodd ar ei hôl, y gyllell yn ei law.

Orig: *Wir yr? Nad?*
Ffion: *Orig!*

Trodd Pietro at Nad a rhoi ei law dda ar ei ysgwydd.

"Wyt ti'n iawn?" gofynnodd. "Wyt ti isio i fi ..."

Ysgydwodd Nad ei ben a chododd fawd. Gwelodd Pietro waed yn cronni yn ochrau ei geg. Wedi bodloni ei hun nad oedd y briw yn un dwfn, aeth yn ôl at wella Heti. Lledodd goleuni Dohi drosti a thrwyddi.

Gan frwydro yn erbyn y boen, gyrrodd Nad ei oleuadau drwy'r ddaear, yn gyrru Dion yn ei flaen. Tasgodd y mwydyn i fyny unwaith eto, ei ddannedd yn agor ac yn cau'n frawychus o gyflym. Hedfanodd yr Horwth drwy'r awyr tuag ato, ei geg yntau'n agor, ei adenydd yn fflapio, ei grafangau'n gwingo a'i goesau ôl yn cicio.

Y CLOGWYNI COCH

Rhedodd Sara allan o'r ogof.

Er gwaetha popeth, roedd yn falch o deimlo'r haul ar ei gwar, yr awel yn chwythu heibio iddi, a'r pridd coch rhwng bodiau ei thraed.

"Rho hwnna'n ôl, yr ast!"

Torrodd llais Casus ar draws y cyfan. Mentrodd Sara gip dros ei hysgwydd i weld yr hen ddyn yn baglu ar ei hôl. Roedd e'n wan, yn gysgod o'r arwr carismataidd a'i swynodd hi yn nhafarn y Pwll rai dyddiau'n ôl. Fyddai o byth wedi medru ei dal ...

Oni bai am y clogwyn o'i blaen.

Sgrialodd Sara i stop tua modfedd o'r dibyn. Doedd nunlle iddi droi.

Gwthiodd Casus tuag ati, ei gyllell yn barod.

Cododd Sara ei chyllell hithau – yr un gymerodd hi oddi ar gorff un o'r gweision ger y ffynnon – a rhwystro'r ergyd.

Daeth golwg syn dros wyneb Casus am eiliad – eiliad yn

unig – cyn iddo sboncio yn ei flaen mewn ymgais i gipio'r botel. Tynnodd Sara'r botel yn ôl a neidio o droed i droed, y gyllell yn fflachio yn y llaw arall.

Dawnsiodd y ddau o amgylch ei gilydd ar y dibyn. Roedd Sara'n gyflym, ond Casus wedi arfer â chyllell, a'r botel o hud, o'r diwedd, o fewn ei afael.

Ffion: *Ro'n i'n* gwybod *bod Sara'n medru ymladd! Hwrê!*

Troellodd Casus o'i gwmpas ac anelu ergyd at wyneb Sara. Neidiodd hithau i un ochr er mwyn dianc. Gwnaeth ymdrech i osgoi'r llafn, ond roedd Casus yn rhy gryf. Hwyliodd ei chyllell o'i llaw, ac ymhell dros y dibyn.

Ffion: *O, dacia hi.*

Disgynnodd Sara i'r llawr, ei sach yn syrthio oddi ar ei chefn. Hedfanodd padelli ffrio a llwyau pren allan ohoni, a thros y clogwyn.

Rowliodd y botel allan o'i gafael.

Caeodd llaw Casus amdani. Sathrodd ar Sara, gan ei gwasgu hi i mewn i'r pridd wrth iddo godi'r botel o flaen ei wyneb.

Roedd Abei, Meli, Toto a minnau yn gwylio hyn oll o'r

tu ôl i bentwr o faw – yn gwylio'r Horwth a'r mwydyn yn dal i ymladd, yn bygwth rhwygo'r lle'n ddarnau. Er mor gryf roedd y ddau fwystfil, roedd y frwydr yn amlwg wedi cael y gorau arnyn nhw, gyda symudiadau'r Horwth yn arafach a neidiadau Dion yn llawer llai egnïol.

"Mae'n rhaid i ni wneud rhywbeth," meddai Abei. "Sara ..."

"Dere," meddai Meli, gan lusgo'i gŵr allan o'r ogof. Dilynodd Abei a minnau, yn symud rhwng pentyrrau baw yn gyntaf, ac yna rhwng gwrychoedd, yn agosach ac yn agosach at y clogwyni.

Yn yr ogof, roedd Nad yn dal i yrru Dion ymlaen, a Pietro'n dal i gyrcydu uwchben Heti, gyda holl egni'r mynydd yn bwydo ei hud, a golau yn chwyrlïo o'i amgylch.

Tynnodd Casus gorcyn o geg y botel yn fuddugoliaethus, a thywallt yr holl gynhwysion i lawr ei gorn gwddw. Rhuodd mewn hapusrwydd a thaflu'r botel wag dros ochr y clogwyn, a'i gwylio'n chwalu'n gannoedd o ddarnau bach wrth ddisgyn.

Tywyllodd ei wallt. Esmwythodd y rhychau ar ei groen. Llenwodd ei gorff cyhyrog ei arfwisg.

"Yn enw'r Olaf," meddai yn ei lais dwfn, cyfarwydd. "Ro'n i angen hynny."

Ar y llawr, suddodd Sara ei dannedd yn ddwfn i ffêr Casus.

Sgrechiodd yntau mewn poen, a llwyddodd Sara i ddianc. Rhoddodd ei llaw ar goes un o'r sosbenni oedd wedi syrthio o'i phac, a chodi ar ei thraed. Gyda'r ychydig egni oedd ar ôl ganddi, chwalodd y sosban yn erbyn pen Casus. Wnaeth hi ddim llawer o ddaioni. Yn ei ffurf newydd, yn llawn balchder a hyder, prin roedd hwnnw wedi teimlo'r ergyd.

Caeodd ei law o amgylch wddw Sara a'i chodi i'r awyr.

"Un peth fydda i byth yn ei wybod," meddai, "a dirgelwch fydd yn mynd i'r bedd efo fi ..."

Pwysodd Casus yn ei flaen. Gallai Sara deimlo ei anadl boeth arni a gweld y chwys yn disgleirio ar ei wyneb, a'r gwallgofrwydd yn ei lygaid.

" ... Sut yn y byd *rwyt* ti'n llosgi cawl?"

Gwenodd, a thaflu Sara ymhell dros y dibyn.

CWMWL DROS Y COPA

Penliniodd Pietro uwchben Heti.

Gallai glywed yr Horwth a'r mwydyn yn hisian ac yn sgrechian, a Nad yn gweddïo wrth ei ymyl wrth daflu hud, ei galon ei hun yn curo.

Doedd Pietro erioed wedi teimlo cymaint o bŵer o'r blaen. Roedd fel petai'r hud yn llosgi, yn teithio o'r tir, drwy'r mynydd, ac i mewn i'w gorff.

Roedd yn ormod. Anadlodd Pietro'n drwm a disgynnodd ar ei ochr wrth i'r golau o'i gwmpas bylu. Roedd Heti'n dal i orwedd wrth ei ymyl, yn llonydd.

Drwy lygaid caeëdig, gwyliodd y bwystfilod yn ymladd ym mhen arall yr ogof, a goleuadau Nad yn dawnsio o flaen Dion. Goleuadau bychain, oedd yn edrych bron fel ...

... fflamau.

Clywodd lais yr hen ddyn yn ei ben – y mynach o Borth y Seirff.

Drycha ar y fflam, meddai. *Dim byd ond y fflam.*

Arwyr y Copa Coch

Caeodd ei lygaid eto. Gwrthododd feddwl am y gwallgofrwydd o'i gwmpas. Canolbwyntiodd ar ddim ond ef ei hun ... a'r dduwies ...

... a Heti.

Llamodd sbarc o olau o'i stwmp ac i mewn i frest Heti. Eisteddodd hithau i fyny gan lowcio aer yn farus. Agorodd ei llygaid mewn pryd i weld Casus yn taflu Sara oddi ar y dibyn.

"Nad!" meddai, yn dringo ar ei thraed a llusgo Pietro i fyny gyda hi. "Anghofia am yr Horwth! Ni angen delio â Casus – nawr!"

Trodd Nad yn ei unfan a gyrru'r goleuadau i ddawnsio ar hyd y llawr, tua'r clogwyni. Dilynodd Dion, yn neidio i mewn ac allan o'r tir yn llesg. Herciodd yr Horwth ar ei ôl, ei adenydd wedi'u rhwygo'n ddarnau gan ddannedd y mwydyn.

Synhwyrodd Casus y bwystfilod yn agosáu. Tynnodd ei fwa croes allan, a llwythodd ei un follt. Anelodd yn syth am geg agored Dion, a honno'n dod yn fwy ac yn fwy wrth wthio drwy'r pridd tuag ato.

Dechreuodd Nad golli gafael ar ei hud. Doedd egni'r mynydd ddim yn ddiddiwedd, wedi'r cwbl ...

Diflannodd y goleuadau bach o amgylch y mwydyn, a throdd Dion ei sylw at olau llawer mwy, uwch ei ben. Yr haul. Gydag un hisiad hir a hapus, tyllodd yn ddwfn i'r ddaear a thaflu ei hun ymhell, bell i'r awyr.

Cymerodd yr Horwth naid, ei foncyffion o goesau yn ei yrru tua'r cymylau, a'r mwg o'i geg a'i ffroenau yn tasgu o'i gwmpas. Caeodd ei ddannedd o amgylch y mwydyn.

Cododd Casus y bwa croes ar ei ysgwydd.

"Dydi fy mollt i byth yn methu ei darged," meddai.

Synhwyrodd Nad beth oedd yn digwydd yn syth. Estynnodd yn ddwfn, dwfn i fêr ei esgyrn, gan ddod o hyd i'r dafnyn olaf o hud o waelodion ei storfa. Taflodd we o oleuadau tuag at Casus, a'r rheiny'n ymosod arno fel gwenyn.

Saethodd Casus ei follt gan wingo.

Hwyliodd y bollt yn syth drwy lygad yr Horwth ac i mewn i'w ymennydd.

Roedd hi'n anodd gwybod ai Casus neu'r Horwth roddodd y sgrech uchaf. Camodd Casus yn sigledig o'i flaen, a'r ddau fwystfil fel petaen nhw'n hofran uwch ei ben.

Dyna'r cyfle roedden ni ei angen. Rhuthrodd Abei, Meli, Toto a minnau at y clogwyni, yn craffu drwy'r mwg, gan edrych am Sara.

Glaniodd y bwystfilod ar yr un pryd, ac ergyd eu cwymp yn creu twll enfawr yn y tir.

Orig: *Yr union dwll ti'n sefyll ynddo nawr.*

Ffion: *Y stori, ddyn! Y stori! BE DDIGWYDDODD I SARA?*

Cafodd yr haul ei guddio gan gwmwl o bridd coch yn gymysg gyda'r mwg du. Rowliodd corff yr Horwth i lawr llethrau'r Copa Coch gan rwygo rhychau anferthol yn y tir.

Roedd yn farw cyn cyrraedd y gwaelod.

Pwysodd y pedwar ohonom dros y dibyn, y pridd a'r cerrig yn chwipio heibio i ni. Oddi tanom, yn gafael yn y clogwyni ag un llaw, ei choesau'n cicio'n wyllt, roedd Sara.

Estynnodd Toto ei law tuag ati. Gafaelodd Sara ynddi'n falch. Ymunodd Pietro a Heti, yn ychwanegu eu nerth hwythau at y gorchwyl. Disgynnodd gweddill llyfrau Pietro o'r pecyn agored ar ei gefn, a hedfan dros y dibyn.

"Paid â phoeni, Sara o'r Coed," meddwn i, wrth i'r criw ei thynnu i fyny. "Mae popeth drosodd nawr."

Y NIWL YN CODI

Llwyddodd y chwech ohonom i lusgo Sara i fyny. Disgynnodd ar ei gliniau a phesychu, y pridd coch yn llenwi ei hysgyfaint. Poerodd un gair allan. Cwestiwn.

"Casus ...?"

Roedd hi'n amhosib gweld mwy nag ychydig droedfeddi o'n blaenau, y pridd yn gymysg â'r mwg a lenwai'r awyr, a'r cyfan yn disgyn yn araf, araf.

"Wedi'i wasgu'n gawl, am wn i," atebais. "Gawn ni weld pa mor gyflym mae'n codi ar ei draed ar ôl i'r ddau fwystfil 'na ddisgyn ar ei ben."

Edrychodd Sara i fyny, a chlirio ei llwnc.

"Yr Horwth ...?"

Rhedodd Abei i'r gogledd at y dibyn, a chraffu drwy'r niwl coch.

"Fi ddim yn credu ei fod e wedi goroesi chwaith," meddai.

"Ond mae o wedi gwneud clamp o lwybr i ni," meddai Pietro, yn camu wrth ei hymyl. "Ffordd hawdd i lawr y

mynydd, o leia."

Daeth Heti i ymuno â nhw.

"Achubaist ti fy mywyd i," meddai wrth Pietro, gan roi llaw fawr ar ei ysgwydd. "Sai'n gwybod sut i ddiolch i ti."

Edrychodd Pietro i lawr, yn chwarae â'r pridd. Roedd cael rhywun yn diolch iddo yn brofiad newydd.

"Os gwnei di fy nysgu sut i ymladd fel'na," atebodd yn dawel. "Fyddai hynny'n rhywbeth, sbo ..."

Gwenodd Heti.

Aeth wyneb Pietro'n wyn. Tynnodd ei becyn oddi ar ei gefn a thwrio ynddo.

"A phrynu mwy o lyfrau i mi," meddai. "Dwi wedi'u colli nhw i gyd, yn y môr, dros y dibyn ..."

Tynnodd un llyfr o'r pecyn, gan ei ddal o'i flaen yn chwilfrydig. Llyfr mawr glas.

"Heblaw am un ..."

Cododd Sara ar ei thraed.

"Nad!"

Rhuthrodd yn ei blaen i ganol y twll newydd yn y ddaear. Yno roedd y consuriwr, yn eistedd a'i goesau wedi croesi, ac wrth ei ymyl roedd Dion. Roedd y mwydyn wedi rhoi ei anadl olaf. Roedd ambell un o'i lygaid wedi ffrwydro, a chleisiau a rhwygiadau dwfn yn gorchuddio ei gorff.

Dechreuodd dagrau gronni yn llygaid Sara.

"Mae'n ddrwg gen i, Nad," meddai. "Doedd Dion ddim yn haeddu hyn."

"Gweld yr haul," atebodd y consuriwr. "Dyna i gyd oedd o isio. Gafodd o wneud hynny, o leia."

Rhoddodd Nad ei ben yn ei ddwylo. Llusgodd Sara ei ffrind ar ei draed, a suddodd y ddau i freichiau ei gilydd.

"Wna i ddim ei anghofio fo," meddai Nad drwy'r dagrau. "Wna i ddim."

"Fi'n gwybod," atebodd Sara. "Wna i ddim chwaith."

Ffion: Dwi erioed wedi clywed am bobl yn ypsetio gymaint dros fwydyn ...

Orig: Wela i'r deigryn 'na ar dy foch di, Ffion.

Ffion: Taw wir. Sgen ti hances boced yn digwydd bod?

Daeth y gweddill ohonom i ymuno â nhw. Am y tro cyntaf, datgelodd Nad y briwiau o amgylch ei geg. Roedd cyllell Casus wedi torri ei wyneb, y naill ochr i'w wefusau, a'r gwaed yn dechrau sychu'n barod, gyda phridd a cherrig yn glynu'n gyndyn i'r briw. Roedd yr holl beth yn edrych fel gwên lydan, yn ymestyn o glust i glust.

"Wyt ti'n iawn?" gofynnodd Pietro. Cododd Nad ael.

Cofiodd yn sydyn fod Casus wedi'i anafu yn yr ogof, ac

aeth ei law at ei wyneb, a chyffwrdd ag ochrau ei geg yn ofalus.

"Aw. Ydw, diolch. Aw."

Dechreuodd Sara biffian chwerthin.

"Wel," meddai. "O leia fydd 'na wastad rywun i wenu ar dy jôcs di o hyn ymlaen."

Aeth chwerthiniad isel drwy'r criw fel ton. Chwarddodd Nad ... er nad oedd e'n berffaith siŵr pam. Fe fyddai'n dod i ddeall y jôc y tro nesa yr edrychai yn y drych.

Camodd Heti o'n blaenau.

"Felly," meddai, "fi'n cymryd y byddwn ni'n cychwyn yn ôl yn fuan?"

Syllodd pawb arni'n syn.

"Gawn ni hoe yma, wrth reswm. Cysgu. Fi ddim wedi gwneud *hynny* ers Bryniau'r Hafn. Chwilota am fymryn o fwyd. Gei di wneud hynny, Sara. Yna dychwelyd i Borth y Seirff yn arwyr, casglu ein gwobr am drechu'r Horwth, a ... pam y'ch chi i gyd yn edrych fel'na?"

Aeth pawb yn dawel. Roedden ni i gyd yn meddwl yr un peth, fwy neu lai. Sara roddodd y syniad mewn geiriau.

"Doeddwn i erioed yn hapus ym Mhorth y Seirff," cyfaddefodd. "Doedd e ddim yn gartref i mi, nid un go iawn, ta beth. Mae'n well gen i'r tir gwyllt. Cysgu tu fas, y cymylau'n pasio dros fy mhen. Deffro i deimlo'r pridd o dan fy nhraed ..."

"Geith Porth y Seirff suddo i'r môr o'm rhan i," meddai Nad. "Ro'n i'n gorfod gwneud triciau i'r Arch-ddug, pwy bynnag roedd o neu hi yn digwydd bod yr wythnos honno, fel mwnci ar dennyn. Chefais i erioed fy ngwerthfawrogi yn y twll lle. Ond fan hyn ..."

Edrychodd o'i gwmpas, o wyneb i wyneb.

"Rydw i *yn* cael fy ngwerthfawrogi ... dydw i?"

Gwenodd Sara. Roedd o'n dal heb adrodd yr hanes am farwolaeth ei deulu wrth y gweddill. Doedd neb yn gwybod am y stori fach yna, heblaw hi.

"Wyt," meddai hi. "Digon agos."

Gwenodd Nad o glust i glust. Yn llythrennol.

Aeth Meli ar ei gliniau ac astudio un o'r creigiau ar y llawr. Trodd hi drosodd, yn ei thaflu o un llaw i'r llall a chnocio arni.

"Mae'r creigiau 'ma'n ... wahanol," meddai. "Digon solet, ond yn hawdd eu trin, mae'n siŵr gen i. Allwn ni wneud gwyrthiau gyda nhw, Toto."

Crychodd ei gŵr ei geg.

"Oes gen ti unrhyw syniad pa mor anodd yw dechrau busnes newydd? Cychwyn fel saer maen, yma yn y tir gwyllt, lle does neb yn dod heibio? Callia, fenyw."

Trawodd Meli ei throed yn erbyn y llawr a thaflu'r garreg. Hwyliodd lai na modfedd i ffwrdd o ben Toto.

"Ar y llaw arall," meddai, "*mae* 'na ormod o gystadleuaeth ym Mhorth y Seirff. Fyddwn ni'n rheoli'r farchnad yma. Syniad da."

Syllodd Heti tuag atyn nhw'n gegrwth.

"Arhoswch funud ... chi ddim wir yn bwriadu *aros* yma?"

"Pam lai?" gofynnodd Abei. "Mae Nad yn iawn. Roeddwn i'n byw mewn cwt ar lefel isa'r dref. Allwn i ddim cerdded deg llath i lawr yr hewl heb gamu mewn pentwr o faw neidr. Gawson ni ein cipio gan fwystfil yn y lle 'na. Yma, ar lethrau'r Copa Coch, gawson ni ein rhyddhau."

Daliodd Pietro i syllu at y llyfr yn ei ddwylo.

"Roedd gen i ddwsinau o lyfrau ym Mhorth y Seirff," meddai. "Roedden nhw'n gorchuddio waliau'r mynachdy. Barddoniaeth, hanes, straeon ... dim ond un sydd ar ôl rŵan ..."

Agorodd Pietro y llyfr. Doedd dim llawer ynddo ond ambell sgribl a darlun technegol – hen nodlyfr peiriannydd neu alcemydd, siŵr o fod, wedi cyrraedd llyfrgell y mynach, rywsut.

"Dydw i ddim hyd yn oed yn gwybod pam cymerais i *hwn* ..."

Cododd Sara garreg o'r llawr, un a haen o fwd a baw drosti. Pwysodd y garreg yn erbyn tudalennau'r llyfr, gan greu marc budr, anniben.

"I ti gael ysgrifennu dy straeon dy hun, Pietro."

Cymerodd Pietro y garreg ganddi. Chwarddodd, a chau'r llyfr yn glep.

"A dyna straeon fydden nhw," meddai.

Rhythodd Heti tuag ato, yn amharod i gredu'r peth.

"A beth yn union," meddai, "fyddwn ni'n ei *wneud* yma?"

"Anturio," atebodd Sara.

"Hela bwystfilod a threchu drygioni," meddai Pietro, yn chwifio cleddyf dychmygol o'i flaen.

"A dod yn gyfoethog wrth wneud," ychwanegodd Nad. "Gobeithio. Ella."

Rhoddodd Heti ei phen yn ei dwylo.

"Mae'r mynydd yn damp," meddai. "Yn oer. Ac yn llawn baw'r Horwth. Un gwely welais i yno."

"Gawn ni llnau'r baw," meddai Nad. "Ac mae gennym ni bopeth 'dan ni ei angen i gychwyn o'r cychwyn. Saer coed, saer maen ..."

"*Seiri*," meddai Meli.

" ... mynach, cogydd, tafarnwr ..."

"Iawn," meddwn i. "Arhosa i. Diolch am ofyn."

"Yn enw popeth," meddai Heti, yn colli ei limpin, "mae 'na *ysbrydion* yn y mynydd 'na!"

"Oes!" meddai Pietro, yn neidio i fyny ac i lawr, yn llawn cyffro. "Dwyt ti ddim ar dân isio gwybod *pam*?"

Dechreuodd Heti gerdded i ffwrdd.

"Rydych chi'n wallgo," meddai. "Pob un ohonoch chi. Rydw i am ddychwelyd i Borth y Seirff. Casglu fy siâr i o'r wobr. Prynu bwthyn newydd ym mrigau uchaf y coed. A ..."

Daeth chwa fawr o wynt tuag atom. Cododd y cwmwl o bridd coch yn bell uwch ein pennau, gan ddatgelu'r olygfa o'n cwmpas.

I'r de-orllewin a'r gogledd-ddwyrain, roedd coedwigoedd trwchus yn gymysg â thwndra ac anialwch, yn glytwaith o diroedd gwahanol yn brwydro gyda'i gilydd am reolaeth o'r wlad, bron mor ffyrnig ag arweinwyr y Teyrnasoedd Brith i'r gogledd, eu cestyll a'u caerau'n britho'r tir.

I'r dwyrain roedd mynyddoedd caregog yn cuddio cadarnleoedd y Rhegeniaid, a phwy a ŵyr pa gyfrinachau a lechai y tu ôl i'w muriau o graig a haearn.

I'r gorllewin roedd dyfroedd garw'r Bae Gwyllt yn arwain at arfordir Ymerodraeth yr Enfer, ei thiroedd yn ymestyn am filoedd o filltiroedd ymhell heibio'r gorwel.

I'r de, llethrau tawel Bryn Hir. A thu hwnt i glwt o goed, gwelai Heti ddinas Porth y Seirff yn cuddio y tu ôl iddo. Roedd rhaid iddi graffu i'w gweld, ei holl fywyd hyd yn hyn wedi'i gyfyngu i sbecyn mor bitw ar y map.

Doedd hi erioed wedi sylweddoli bod y byd mor ... fawr.

Trodd ar ei sawdl a cherdded i mewn i'r ogof.

"Cychwynnwch arni," meddai. "Mae 'na ddigon i'w wneud. Os oes rhywun fy angen i, fydda i'n cysgu ar bentwr o faw. Wedi meddwl, mae o'n edrych yn ddigon cyfforddus ..."

Chwarddodd pawb wrth i Heti ddiflannu i dywyllwch yr ogof. Disgleiriai'r haul y tu ôl i ni, ei belydrau cynnes yn dawnsio drwy'r cymylau o fwg a baw cyn oedi, o'r diwedd, ar lethrau'r mynydd.

ARWYR Y COPA COCH

Digwyddodd sawl peth yn dilyn y frwydr.

Aeth Sara i nôl ceffyl Casus, oedd yn dal i ddisgwyl yn amyneddgar amdani ger troed y mynydd. Byth wedi hynny, doedd dim modd gwahanu'r ddau.

Yn araf ac yn llafurus, dechreuodd y gwaith adeiladu ar y pentre. Roedd rhaid teithio hanner ffordd i lawr y mynydd er mwyn cyrraedd y coed agosaf, a doedd neb yn mwynhau'r gwaith o lusgo'r boncyffion yn ôl i fyny'r llethr. Ond roedd Abei wedi bod yn brysur yn plannu coed newydd yn agosach at y copa. Yn barod, roedd seiliau'r dafarn ac ambell weithdy yn eu lle, a chwt syml i bawb gael treulio'r nosweithiau. Roedden ni wedi cael digon yn barod ar gysgu o fewn yr ogofeydd, ac arogl baw yr Horwth yn glynu i'n dillad.

Yr un peth wnaethon ni ddim trafferthu ei adeiladu oedd llwybr mwy cyfleus i lawr y llethrau deheuol. Roedd yr Horwth wedi gwneud ymdrech dda ei hun, yn torri rhych yn y tir wrth rowlio i lawr y mynydd.

Roedd cnawd yr Horwth wedi dechrau pydru bron yn syth, ac ambell aderyn dewr wedi mentro brathu talpiau mawr ohono. Ond hyd yn oed wedyn, roedd y creadur yn edrych yn llawer llai brawychus nag yr oedd o dan swyn Casus. Ei grafangau yn llai miniog, ei lygaid yn fwy, ei groen yn llyfn ac yn olau.

Ffion: Aros funud ... y sgerbwd gerddais i drwyddo ar y ffordd i fyny'r mynydd ... dyna oedd yr Horwth?
Orig: Dyna ti. Nawr bydd ddistaw. Dwi bron â gorffen.

Yn fuan wedi cwymp y bwystfil, daeth y criw o hyd i stôr gudd o gasgenni gweigion yn nyfnderoedd y mynydd.

"Casgenni o hud," meddai Pietro ar y pryd. "Yr un peth ag oedd yn fflasg Casus. Galwyni o'r stwff – er mwyn newid ffurf yr Horwth, mae'n rhaid. Ei wneud yn fwy dychrynllyd. Faint wariodd Casus ar y rhain? O ble y daethon nhw?"

Chafodd o ddim ateb i'w gwestiynau ... am sbel, ta beth.

Ac ychydig wythnosau ar ôl cwymp Casus, gwirfoddolodd Sara a Heti i wneud y siwrne yn ôl i Borth y Seirff er mwyn mofyn eu tâl gan yr Arch-ddug.

Rai dyddiau wedyn, ar brynhawn gwyntog, daeth y ddwy yn ôl.

Marchogodd Sara ar gefn ei cheffyl, a Heti yn cerdded wrth

ei hymyl, heibio i dde a dwyrain y Copa Coch. Daethant at gorff yr Horwth yn gorwedd yn heddychlon ar waelod y llwybr.

"Wela i di'n fuan," meddai Sara, gan fwytho cynffon y bwystfil wrth basio.

Gwingodd Heti yn ei chroen yr holl ffordd i fyny'r mynydd, ei phen yn troi o un ochr i'r llall wrth iddi astudio pob twll a chornel, pob graig a gwrych a boncyff.

"Rho'r gorau iddi," meddai Sara. "Ti'n edrych fel tylluan, yn troi dy ben fel'na."

"Dim ond bod yn ofalus," atebodd Heti. "Rhag ofn."

"Mae e wedi mynd. Casus. Petasai'r Horwth wedi disgyn ar dy ben *di*, fyddet ti wedi medru codi ar dy draed a dianc?" Pwysodd Sara ei gwefusau ynghyd wrth weld Heti'n syllu'n ddrwgdybus yn ôl, ei chyhyrau mawr yn plygu ac ystwytho wrth iddi gerdded. "Wedi meddwl ... paid ag ateb."

"Ddaethon ni ddim o hyd i'r gweision chwaith, cofia."

"Wedi dianc, neu wedi'u llarpio gan ysbrydion. Un ffordd neu'r llall, does dim rhaid i ni boeni amdanyn nhw."

Daliodd Heti i edrych o'i chwmpas a thros ei hysgwydd wrth ddringo. Lwyddodd hi ddim i ymlacio nes cyrraedd y copa, a gweld y pentre newydd yn dod i'r golwg.

Roedd Nad yn eistedd ar graig o flaen y pentre. Llamodd ar ei draed wrth weld y ddwy yn dringo i fyny'r mynydd,

a galw atynt yn frwd. Gyrrodd Sara ei cheffyl i garlamu'n gynt, gan adael Heti ar ôl. Doedd hi erioed wedi gweld Nad wedi cyffroi gymaint am unrhyw beth. Roedd hi'n siŵr bod rhywbeth mawr o'i le.

Dringodd Sara oddi ar gefn y ceffyl. Gafaelodd Nad ynddi a'i throi i wynebu'r gogledd.

"Sbia, Sara!" meddai Nad. "Sbia! O, a chroeso 'nôl, gyda llaw."

Yno, ar hyd y stribed o anialwch rhwng y Goedwig Fain a'r Bae Gwyllt, roedd nifer o siapiau yn symud, yn plymio i mewn ac allan o'r tir.

"Y mwydod," meddai Sara. "Maen nhw wedi dod o hyd i'w cartref."

Gwenodd y ddau. Sylwodd Sara gystal roedd y briw ar wyneb Nad wedi clirio. Dim ond craith oedd ar ôl bellach ... ond un a fyddai yno am weddill ei fywyd, siŵr o fod.

Daeth Heti i ymuno â nhw, ei gwynt yn ei dwrn.

"Be sy'n bod?" gofynnodd hithau.

"O, Heti," meddai Nad, yn anwybyddu ei chwestiwn. "Fydd y gweddill yn falch o dy weld di. Mae'r gwaith wedi arafu ers i ti adael. Dwi'n meddwl bod Toto isio dy help di, pan wyt ti'n rhydd. Mae o wrthi'n palu baw yn y brif ogof."

Syllodd Heti yn ôl, ei hwyneb yn troi'n gochach fyth.

Penderfynodd gerdded i ffwrdd cyn dweud unrhyw beth anffodus.

Cymerodd Sara gipolwg arall ar y mwydod yn yr anialwch cyn arwain ei cheffyl tua'r pentre, a Nad wrth ei hymyl.

"Mae hynny'n fy atgoffa i," meddai Sara. "Fi wedi dewis enw i'r ceffyl o'r diwedd. Ro'n i eisiau dewis yr un cywir ... ond roedd e'n gwbl amlwg, wedi meddwl. Sai'n gwybod pam chefais i mo'r syniad wythnosau'n ôl."

Oedodd y ddau ger seiliau'r dafarn. Rhoddodd Sara law Nad ar war y ceffyl.

"Nad," meddai, "dyma Dion. Dion, dyma Nad."

Gwenodd Sara'n garedig ac arwain y ceffyl yn ei flaen. Cymerodd Nad ychydig eiliadau i'w sadio ei hun cyn dilyn.

Daethant o hyd i bawb arall yng ngheg yr ogof fawr. Ger y fynedfa roedd twmpath enfawr o bridd a slabyn o graig wedi'i osod uwch ei ben, a Toto wedi naddu'r enw "Dion" ynddo. Yn pwyso yn ei erbyn roedd slabyn llawer llai ac arno'r enw "Shadrac", ac un arall wrth ei ymyl, bron â dymchwel yn barod. Yr enw ar hwnnw oedd "Samos".

"Sut hwyl ym Mhorth y Seirff?" gofynnodd Pietro wrth i Sara a Heti agosáu. Edrychodd y ddwy'n ddrwgdybus ar ei gilydd cyn i Sara ymateb.

"O. Ie. Am hynny ... dyw e ddim yn newyddion da, mae gen i ofn."

"Dyw'r sarff wenwynig 'na ddim yn fodlon ein talu am drechu'r Horwth," eglurodd Heti.

"Pwy?" gofynnodd Nad.

"Yr Arch-ddug newydd," atebodd Sara. "Wnaeth yr hen un ddim para'n hir. Menyw fach sy'n teyrnasu erbyn hyn. Negesydd yr hen Arch-ddug. Gan nad hi yrrodd ni yma, dydi hi ddim mewn unrhyw sefyllfa i'n talu ni – medde hi."

"Ddyliwn i fod wedi taro'r wên hunangyfiawn oddi ar ei hwyneb hi," meddai Heti.

"Ac ymladd yn erbyn y dref gyfan?" meddai Sara. "Dwyt ti, hyd yn oed, ddim mor gryf â hynny."

"Felly ry'n ni ar ein pennau'n hunain," meddai Toto.

Mentrodd Sara wên.

"Nid yn gyfangwbl. Aeth Heti a minnau o amgylch tafarndai'r dref, yn cyflogi unrhyw un digon cryf ... a digon gwirion, efallai ... i ddod yma gyda'r eiddo o'ch cartrefi chi. Abei, Orig, Meli, Toto – fydden nhw yma'n fuan, gobeithio."

"Mae fy mhethau i ar fin cyrraedd hefyd," meddai Heti. "Does *neb* ond fi'n cael eistedd yn fy nghadair freichiau. Cofiwch hynny."

"A thra ein bod ni yno," aeth Sara ymlaen, "falle ein bod ni wedi adrodd stori neu ddwy am fwystfil brawychus, arwyr dewr ... a'r pentre maen nhw'n ei adeiladu ar lethrau'r mynydd i'r gogledd. Nid ni yw'r unig rai sydd wedi blino ar

Borth y Seirff. Fi'n credu y cawn ni gwmni yma'n ddigon buan. Well i'r dafarn fod yn barod erbyn hynny, Orig."

"Go brin," meddwn i. "Ond ..."

Estynnais am sgwaryn mawr o bren wrth fy nhraed. Neu sawl darn, a bod yn fanwl, wedi'u clymu at ei gilydd â rhaff drwchus.

"Abei a Meli roddodd hwn at ei gilydd. Dyma dy darian di, Heti, yr un ddefnyddiaist ti yn y frwydr yn erbyn Casus."

"Gymrodd hi sbel i ni ddod o hyd i'r darnau," meddai Meli, "a mwy i'w rhoi nhw at ei gilydd."

"Roedden ni'n meddwl," ychwanegodd Abei, "ei hongian ar wal y dafarn, pan fydd hi wedi'i gorffen. Rhywle i roi dyddiadau, negeseuon ..."

"A cherfio ein henwau!" meddai Pietro. "Enwau pawb sydd wedi bod yma. Wna i ddangos i chi sut mae gwneud."

"Iawn gen i," meddai Heti gan chwerthin. "Dydw i ddim ei hangen hi, beth bynnag. Mae un arf yn hen ddigon."

Estynnodd am y styllen ar ei chefn a'i mwytho'n gariadus. Roedd hi wedi treulio hanner ei hamser yn ystod y daith i Borth y Seirff yn rhoi sglein ar y pren ac yn hogi'r hoelen.

"Geith hi fynd ar wal y dafarn," dywedais, "pan *fydd* 'na wal. Heti, mae 'na ambell foncyff angen ei symud pan gei di gyfle. Rhai trwm."

"Och," meddai Heti. Cychwynnodd am y pentre cyn i

Pietro roi llaw ar ei braich, yn ei dal yn ôl.

"Geith hi ymuno â chi mewn munud," meddai. "Mae 'na rywbeth dwi isio'i ddangos iddi hi. Ac i Sara a Nad hefyd, y rhai oedd yma o'r cychwyn."

Wrth i Abei, Toto, Meli a minnau gerdded i ffwrdd, tynnodd Pietro ei becyn oddi ar ei gefn ac estyn yr un llyfr oedd ganddo ar ôl. Y llyfr glas. Ar y clawr, roedd o wedi sgriblo geiriau gyda phren llosg.

"Alla i ddim darllen y symbolau ..." meddai Heti.

"Mae'n dweud 'Chwedlau'r Copa Coch'," eglurodd Pietro. "Ro'n i am oes yn meddwl am deitl da."

Byseddodd Sara drwy'r llyfr. Roedd Pietro wedi bod yn brysur yn cofnodi eu holl anturiaethau, ac wedi gwneud darluniau digon syml o Casus, yr Horwth, y mwydod, y dynion croenwyrdd, yr ysbrydion, a'r mynydd ei hun. Ond roedd cymaint o dudalennau gwag ar ôl.

"Wyt ti wir yn meddwl medri di lenwi hwn?" gofynnodd Sara.

Bu bron iddi ollwng y llyfr wrth i wynt oer chwipio drwy'r ogof tuag atyn nhw. Ac yn y gwynt, lleisiau oerach. Yn sibrwd. Yn bygwth.

Dyma ein mynydd. Mae'n perthyn i ni.

"Dwi'n meddwl bod y mynydd," meddai Nad, "wedi ateb y cwestiwn yna'n barod, Sara o'r Coed."

Ysgydwodd Sara ei phen.

"Nid Sara o'r Coed," meddai. "Sara o'r Copa."

Taflodd Nad ychydig sbarciau o'i flaen er mwyn cael gweld yr ogof yn gliriach. Caeodd Pietro ei lygaid, yn mwmian gweddi i'w dduwies, a phelen o olau yn crynhoi o gwmpas ei fysedd coll. Gafaelodd Heti yn gadarn yn ei styllen, a'r hoelen yn disgleirio yn yr haul.

Wnaeth Sara ddim ond syllu i mewn i'r tywyllwch. Roedd fel petai'r mynydd yn syllu'n ôl, yn ei herio ... ei gyfrinachau mwyaf eto i'w datgelu.

FFION AC ORIG

Roedd yr haul wedi hen fachlud erbyn i Orig orffen dweud ei stori.

Erbyn hynny, roedd o'n eistedd wrth fwrdd ger y drws, gyda channwyll wedi'i goleuo o'i flaen, a'i draed i fyny. Syllodd Ffion heibio iddo tua'r negesfwrdd ar y wal. Camodd drosodd a rhedeg ei bysedd dros yr holltau ynddo, ac ar yr hen ddarnau o gortyn oedd yn dal yr holl beth at ei gilydd.

"Tarian Heti ..." meddai. Gwenodd Orig.

"Dwi'n falch ei bod hi ddim wedi llosgi," meddai. "O'r holl drysorau yma, dyna'r pwysicaf, siŵr o fod. Wel ... heblaw am un."

Cododd o'i sedd a mynd tua'r bar. Estynnodd oddi tano a thynnu llyfr mawr glas allan. Llamodd calon Ffion i'w gwddw wrth ei weld.

"Llyfr Pietro," meddai rhwng ei dannedd, yn dechrau troi'r tudalennau. "Roedd y cyfan yn wir, felly."

Ddarllenodd hi ddim llawer o bwys, ac roedd yr ychydig

ddarluniau welodd hi yn ddirgelwch. Castell wedi'i wneud o haearn. Dyn tywyll a sgarff o gwmpas ei ben, yn taflu darn o arian i'r awyr ac yn gwenu fel giât. A ffigwr dychrynllyd – brenin, o'i olwg – ei wyneb wedi'i orchuddio gan fwgwd pren, yn eistedd ar orsedd dan dderwen enfawr, a llu o ddilynwyr o'i gwmpas mewn mygydau a gwisgoedd llaes yn dawnsio'n wyllt gyda ffaglau yn eu dwylo.

"Wrth gwrs ei fod e'n wir," meddai Orig, yn cau'r llyfr cyn i Ffion allu gweld mwy. "Ti'n meddwl 'mod i wedi bod yn rhaffu celwyddau'r holl amser? Mae gen i bethau gwell i'w gwneud."

Syllodd Ffion o'i chwmpas mewn perlewyg.

"Chi adeiladodd hyn i gyd," meddai, yn dechrau cyfri ar ei bysedd. "Wyth ohonoch chi?"

"I ddechre. A bod yn onest, Heti wnaeth y rhan fwya o'r gwaith. Ond dim ond rhan o bentre'r Copa Coch rwyt ti wedi'i gweld. Mae'r gweddill yn ymestyn yn ddwfn i mewn i'r mynydd ei hun. A chafodd y lle mo'i adeiladu dros nos."

"Mae'n rhaid bod 'na ddwsinau o bobl wedi byw yma ..."

"Cannoedd," meddai Orig, "ar un adeg. Ond mae'r oes yna drosodd, mae gen i ofn. Ddaw hi byth yn ôl."

Syllodd Orig i'r gwagle am rai eiliadau, cyn estyn am gadach a sgrwbio'r bar unwaith eto, gan sgubo llwch a lludw yn ôl ac ymlaen yn fecanyddol.

Culhaodd Ffion ei llygaid.

"Be ddigwyddodd yma?" gofynnodd. Rhoddodd Orig baid ar ei sgwrio am y tro.

"Ddywedais i hynny'n barod. Tân."

"Ia, ond ... pam?"

Ysgydwodd Orig ei ben.

"Rwyt ti'n neidio at y diwedd eto," meddai. "Mae 'na sawl stori i'w hadrodd cyn yr un yna. Gwerth *blynyddoedd* o straeon ... os oes gen ti amser i wrando arnyn nhw."

Cododd Ffion ei hael.

"Dwi ddim ar frys i adael ar ôl teithio'r holl ffordd yma. Ond ... be amdanat ti?"

"Fi?" meddai Orig.

"Does gen ti ddim teulu? Ffrindiau? Unrhyw le i fod? Dwi ddim isio pechu, Orig, ond dwyt ti ddim yn ddyn ifanc. Fyddai hi ddim yn well gen ti ddod i ddiwedd dy oes mewn rhywle mwy ... cysurus?"

Chwarddodd Orig, a'r tinc lleiaf o nerfusrwydd yn ei lais. Doedd o ddim wedi arfer siarad amdano'i hun. Rhoddodd y llyfr glas yn ôl o dan y bar.

"Fi wedi hen arfer â llefydd anghysurus. *Hen* arfer. Fuest ti erioed i Borth y Seirff? Nid dyna'r lle mwya cyfforddus yn y byd, coelia di fi."

Syllodd Ffion yn ôl, gan groesi ei breichiau.

"Doedd hynny ddim yn unrhyw fath o ateb," meddai. "Lle'r aeth pawb? Ydyn nhw wedi marw? Wedi dianc? A pham – a chofio bod y Copa Coch i fod yn bentre o arwyr chwedlonol, wedi dod yma o bedwar ban byd – mai *ti* ydi'r unig un ar ôl? Hen dafarnwr musgrell, yn dal i fynd o gwmpas ei waith fel petai dim o'i le ... a heb graith na llosg na briw yn agos ato fo."

Cododd Orig ei ben. Culhaodd ei lygaid. Bu bron i Ffion gamu'n ôl mewn braw wrth weld rhywbeth newydd yn wyneb yr hen ddyn. Dicter. Ffyrnigrwydd.

Chymerodd hi ddim mo'r abwyd. Arhosodd yn ei hunfan.

"Pwy *wyt* ti?" gofynnodd.

Daliodd Orig i syllu am gyfnod. Ysgydwodd ei ben yn y man ac ymestyn am y nenfwd, gan dynnu set o risiau i lawr. Llamodd i fyny, a Ffion yn ei ddilyn.

Daeth y ddau allan ar lawr cynta'r dafarn. Roedd y tân wedi llosgi'r waliau bron yn gyfangwbl, a'r sêr yn disgleirio drwy'r hyn oedd ar ôl o'r to.

O'r fan hyn, gallai Ffion weld y pentre cyfan – llawer mwy o adeiladau nag roedd hi wedi'u gweld cyn hyn, rhai'n glynu'n styfnig i lethrau serth y mynydd. Roedd 'na weddillion ffynhonnau, gerddi, perllan fach ... ac o fewn y mynydd ei hun, gallai weld ambell gwt pren, a llwybr caregog llydan yn arwain yn ddwfn i'r ogof.

"Mae 'na stori'n gysylltiedig gyda phob un twll a chornel o'r lle 'ma," meddai Orig. "Rhai'n hapus, rhai'n drist. Ond fy stori i, Ffion ... dyna'r stori dristaf un."

Edrychodd Ffion i fyny, a synnu gweld deigryn yn creu llwybr i lawr wyneb y tafarnwr.

"Orig ..."

"Wna i eu hadrodd i gyd i ti. Os ca i. Ac ar ôl hynny, yna – a dim cynt – gei di glywed fy hanes i, fel gwobr fach am gadw cwmni i mi. Sut mae hynny'n swnio?"

Nodiodd Ffion, yn diawlio'i hun am fod mor gas â'r tafarnwr. Dim ond hen ddyn unig oedd o, wedi'r cwbl.

Dyna'r oll.

Pwyntiodd Orig at fatres yng nghornel yr ystafell, wedi'i harbed – rhywsut – gan y tân.

"Dyma fy hen siambr wely," meddai, gan dynnu blanced wlân o gist fach wrth ei draed. "Gei di gysgu fan hyn heno. A fory, wna i fynd â thi i mewn i'r mynydd ei hun ... lle mae'r stori *wir* yn cychwyn."

Er bod meddwl Ffion yn chwyrlïo, roedd y fatres yn edrych yn llawer rhy ddeniadol i'w gwrthod. Gorweddodd arni a lapio'r flanced o'i hamgylch. Roedd y sêr yn disgleirio uwch ei phen a'r Copa Coch yn ddistaw. Doedd dim bwystfilod yn rhuo, na lleisiau ysbrydion yn nofio tuag ati ar y gwynt. Dim arwydd o fywyd o gwbl.

"Nos da," meddai Orig. Moesymgrymodd tuag ati'n theatrig, a diflannu i lawr y grisiau. Cyn iddo gau'r drws yn y llawr, galwodd Ffion ar ei ôl.

"Orig!"

Cododd ei ben uwchben y llawr.

"Ble byddi di?"

Gwenodd y tafarnwr.

"Y tu ôl i'r bar," meddai. "Dwyt ti byth yn gwybod pwy ddaw drwy'r drws mewn lle fel hyn."

Caeodd y drws yn glep ar ei ôl.